P9-CBG-949

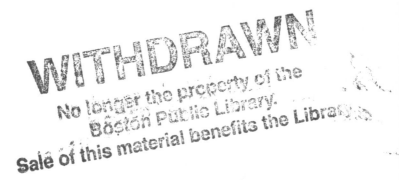

ESTE DIARIO PERTENECE A:

Nikki J. Maxwell

PRIVADO Y CONFIDENCIAL

SE RECOMPENSARÁ
su devolución en caso de extravío

(¡¡PROHIBIDO CURIOSEAR!!☹)

Rachel Renée Russell

diario de NIKKI 7

UNA FAMOSA CON POCO ESTILO

RBA

Título original: Tales from a NOT-SO-Glam TV Star

Publicado por acuerdo con Aladdin, un sello de Simon & Schuster Children's Publishing Division, 1230 Avenue of the Americas, Nueva York NY (USA)

© del texto y las ilustraciones, Rachel Renée Russell, 2014.

© de la traducción, Isabel Llasat Botija, 2015.

Diseño: Lisa Vega

Maquetación y diagramación: Anglofort, S. A.

© de esta edición, RBA Libros, S. A., 2015.

Avenida Diagonal, 189. 08018 Barcelona

www.rbalibros.com

rba-libros@rba.es

Primera edición: marzo de 2015.

Ref: MONL238

ISBN: 978-84-272-0848-3

Depósito legal: B. 252-2015

A mis adorables sobrinas,
Sydney, Cori, Presli,
Mikayla y Arianna

AGRADECIMIENTOS

Ahora que he acabado el Diario de Nikki 7, ¡tengo que pellizcarme para comprobar que no estoy soñando! Con cada diario que escribo me lo paso aún MEJOR que con el anterior. Quiero expresar mi agradecimiento a las siguientes personas:

Mis admiradoras de los Diarios de Nikki en todo el mundo, que quieren a Nikki Maxwell tanto como yo. ¡No dejéis nunca de ser tan simpáticas, listas y PEDORRAS!

Liesa Abrams Mignogna, mi ESTUPENDA editora, que este año se las ha arreglado para publicar tres libros del Diario de Nikki, ¡y además ser madre de su Batbebé! ¡¡SIEMPRE supe que tenías poderes!!

Daniel Lazar, mi INCREÍBLE agente y amigo, que incluso contesta (¡aún!) a mis correos electrónicos a las dos de la madrugada. Gracias por tu apoyo, tu dedicación y tu disposición a dejarme tener tantas y tantas ideas raras.

Torie Doherty-Munro, por tu entusiasmo infinito y también por mantenernos tan SUPERorganizados; y Deena Warner, por tu estupenda labor en DorkDiaries.com.

Karin Paprocki, mi BRILLANTE directora artística, ¡que tanto me has sorprendido con tu trabajo rápido y PERFECTO en Diario de Nikki 7! ¡Me encanta nuestra portada con ESTILO!

Katherine Devendorf, Mara Anastas, Carolyn Swerdloff, Matt Pantoliano, Paul Crichton, Fiona Simpson, Bethany Buck, Hayley Gonnason, Anna McKean, Alyson Heller, Lauren Forte, Jeanine Ng, Brenna Franzitta, Lucille Rettino, Mary Marotta y todo el equipo de ventas, y el resto de gente de Aladdin/Simon & Schuster. ¡El Equipo Pedorro es una CAÑA!

Maja Nikolic, Cecilia de la Campa y Angharad Kowal, mis agentes internacionales de Writers House, por pedorrear el mundo de país en país.

Mis hijas, Erin y Nikki, por inspirarme esta serie, y mi hermana Kim, ¡por ser la eterna optimista! Gracias por ayudarme a llevar al papel el mundo de Nikki Maxwell y por vuestra inagotable pasión por todo lo pedorro.

Y, por último, cómo no, a toda mi familia. ¡Gracias por vuestro amor y apoyo incondicional! ¡Os QUIERO!

¡Y no os olvidéis de dejar asomar vuestro lado PEDORRO!

¡MADRE MÍA! ¡¡AÚN no puedo creer lo que me pasó ayer!! ¡TRES cosas que te mueres de tan increíbles, maravillosas, emocionantes y demasiado buenas para ser verdad!

La primera cosa que te mueres de tan increíble, maravillosa, emocionante y demasiado buena para ser verdad: ¡AL FINAL SÍ QUE FUI AL BAILE DE SAN VALENTÍN! ¡¡☺!! ¡YAJUUUU!

¡SÍ! ¡Era el baile en el que las chicas invitaban a los chicos! Y en el último momento, POR FIN reuní el valor para invitar a mi amor secreto, Brandon!

La segunda cosa que te mueres de tan increíble, maravillosa, emocionante y demasiado buena para ser verdad: ¡ME CORONARON PRINCESA DE SAN VALENTÍN! ¡¡☺!! ¡¡YAJUUUUUUU!!

La verdad es que aún no sé exactamente cómo pasó. ¡Pero pasó! ¡Y tengo mi TIARA para demostrarlo!

Y, por último, ¡lo más ALUCINANTE del mundo!

¡¡¡YAJUUUUUUUUUUUUUUU!!!

La tercera cosa que te mueres de tan increíble, maravillosa, emocionante y demasiado buena para ser verdad: DURANTE EL ÚLTIMO BAILE DE LA VELADA MÁS PERFECTA, ROMÁNTICA Y DE CUENTO DE HADAS, BRANDON Y YO...

¡Un momento! ¡¿Eso que suena no es mi móvil?!

¡SÍ! ¡¡¡Me está sonando el móvil!!!

Oye, a lo mejor es...

¡¡BRANDON!! ¡¡¡☺!!!

(Estoy mirando quién llama...)

¡NO! ¡NO es Brandon!

¡¡Madre mía!! ¿De verdad es...?

¡Es el productor de TV más famoso del MUNDO mundial! Y el anfitrión de mi programa FAVORITO, un reality y concurso de talentos llamado...

15 Minutos de FAMA

¡YAJUUUUUUUU! ¡¡☺!!

¡Tengo que contestar!

Estaré toda la semana de vacaciones, así que ya
encontraré tiempo para acabar de escribirlo...

¡¡¡EN OTRO MOMENTO!!! ¡☺!

¡Madre mía! ¡¡El sábado por la noche fue una auténtica PESADILLA!! ¿Que si fue tan mal? ¡Mira si fue MAL que me dan sudores fríos y me vienen visiones traumáticas solo de escribirlo!

¡AAAAAAAAAAAAHHH! ¡¡Esa soy yo gritando!! ¡Perdón! A ver si consigo dejar de gritar. En fin...

¡Aún no puedo creer en qué lío DEMENCIAL me he metido ESTA VEZ!

¡No sé si dejarán llevar diarios a la CÁRCEL! Porque un poco más y acabo allí. ¡¡Os lo JURO!! ¡Estuvieron a punto de arrestarme! ¡☺! ¡Aunque tampoco me habría quedado con los brazos cruzados, ya te digo!

Habría buscado la manera de escabullirme por alguna ventana que hubiera cerca, pasar a cuatro patas hasta un saliente de un palmo de ancho, colgarme con las puntas de los dedos de una baranda y saltar al suelo desde una altura de cinco pisos... ¡¡sin ESPACHURRARME por todo el aparcamiento!!

¿YO?

¡¡CHAF!!

¡¿Mmm...?!

Mejor que NO. ¡¡☹!!

7

Y lo peor: ¡A mis mejores amigas, Chloe y Zoey, también las iban a detener! ¡Y todo por MI culpa!

¡Me porté tan HORRIBLEMENTE mal! ¡Me merezco por completo que me ELIMINEN de su Facebook!

¿Cómo se me ocurre METERLAS en semejante LÍO?

Ayer por la mañana yo estaba escribiendo mi diario tan tranquila cuando recibí aquella llamada...

"¡Hola, Nikki! ¡Buenas noticias! Hoy estoy en tu ciudad con mi nuevo grupo, los BAD BOYZ, y me encantaría verte para hablar de la grabación de vuestra canción 'La ley de los pedorros', que titularemos 'Los pedorros molan'. En breve me voy de gira mundial, y solo te puedo ver ESTA NOCHE. Si no, hasta dentro de siete meses ya no tendré un hueco en la agenda. ¿Tú podrías venir al concierto de hoy de los Bad Boyz?".

"¿Cómo? ¿Qué?! ¡Claro, señor Chase! ¡Me encantaría! ¡Pero las entradas para ese concierto se acabaron en diez minutos! Mis dos mejores amigas acamparon en la cola y ni aun así consiguieron entradas".

"Eso no es problema. Te dejaré tres acreditaciones en la taquilla de reservadas para que puedas pasar entre bastidores con dos miembros más de tu banda".

¡Entonces sí que me DESMAYÉ del todo! Bueno, vale, me desmayé CASI del todo.

"¿Entrar entre bastidores? ¡Es INCREÍBLE! ¡Gracias, señor Chase! ¡Nos vemos ESTA NOCHE!".

¡NO podía creer lo que estaba pasando! ¡A lo mejor mi banda Aún No Estamos Seguros obtenía un contrato para grabar un disco! Colgué y llamé corriendo a Chloe y a Zoey para preguntarles si querían ir al concierto.

Contestaron con una sola palabra: "¡YAJUUUUU!". ¡¡☺!! Las tres opinábamos que aquello iba a ser lo MEJOR que nos había pasado juntas desde, er... ¡ayer!

Cuando llegamos al concierto nos pusimos en la cola junto a MILES de fans emocionadísimos. Pero... adivina con QUIÉN fuimos a topar en nuestro camino hacia la taquilla.

¡¡¡MACKENZIE ☹!!!

10

Y, claro, ¡a ella también le sorprendió vernos ALLÍ!

"¡Oh, cielos! ¡¿Qué hacéis las chicas CUTRES aquí?!", dijo alzando el mentón y poniendo cara de asco como si fuéramos un... puñado de... larvas... que sufrieran un caso terminal de... diarrea o algo por el estilo.

"Hemos venido al concierto, claro", le contesté restándole importancia.

"Vaya. Pues espero que os divirtáis en los asientos baratos del quinto pino. Yo he pillado ¡ASIENTOS DE PRIMERA FILA! ¿Queréis que salude a los Bad Boyz de vuestra parte si bajan del escenario? ¡Pues VA A SER QUE NO!", se burló Mackenzie.

Entonces empezó a pasearnos las entradas por las narices muuuuy despacio, como si fueran magdalenas rojas terciopelo recién hechas con topping extra.
Yo me quedé mirando fijamente aquellos ojos pequeños y brillantes.

"¡Vaya, vaya, chica! Tú en la primera fila... ¡¡y nosotras con pase para estar entre BASTIDORES!!", le dije.

Y entonces le pasé muuuuuy despacio NUESTRAS entradas por debajo de SU nariz.

"¡Sí!", añadió Chloe agitando las palmas. "¡Tenemos acreditaciones VIP de acceso especial a los bastidores! ¡Ya puedes llorar mientras nosotras vamos a saludar!".

"¿Quieres que, si nos encontramos con los Bad Boyz entre bastidores, los saludemos de tu parte?", dijo Zoey con un suave pestañeo. "¡Pues VA A SER QUE NO!".

Mackenzie se quedó mirándonos alucinada y boquiabierta como un buzón.

El solo hecho de imaginarnos a las pedorras con los famosos entre bastidores debió de provocarle una minicrisis nerviosa o algo por el estilo, porque accidentalmente ¡se le cayó la botella de agua encima de Chloe y la empapó por completo!

Menos mal que Zoey llevaba pañuelos de papel en el bolso.

Zoey y yo calmamos a Chloe y la secamos como pudimos.

¡¡CHLOE, FLIPANDO DESPUÉS DE QUE
MACKENZIE LE TIRARA AGUA ENCIMA!!

Lo más increíble es que ni se molestó en pedir disculpas a Chloe por ser tan TORPE. Se limitó a desaparecer, ¡la muy MALEDUCADA!

Como solo faltaban diez minutos para el concierto, dejamos los abrigos y demás en una taquilla y fuimos corriendo a la entrada al escenario. Había un guardia de seguridad con cara de malas pulgas que identificaba y abría la puerta automática a la gente.

"Er... perdone", dije supernerviosa. "Tenemos que entrar a la zona de bastidores. Nos ha invitado Trevor Chase y tenemos las acreditaciones".

"¡Sí, claro!", gruñó. "¡Y yo soy la Bella Durmiente! Vosotras tenéis las mismas acreditaciones que las otras novecientas chicas que han venido. ¡Venga, desapareced de aquí antes de que haga que os echen por intento de acceso no autorizado!".

"¡DE VERDAD que las tenemos!", dije abriendo el bolso para sacar los pases. "¿Lo VE? Las tengo justo...". Y entonces surgió una pequeña complicación. Los pases no estaban en el bolsillo interior de mi bolso.

"Er, un segundito...", dije entre risitas nerviosas mientras rebuscaba en el bolso. "Ahora no las encuentro...".

El guardia miró al cielo con paciencia y a mí con odio.

"¡Venga, Nikki, dale al buen hombre nuestros pases", dijo Zoey con una sonrisa falsa estampada en la cara.

"¡Deja de hacer el tonto que al final nos echarán", me gritó en voz baja Chloe al oído.

Sonreí al ceñudo guardia: "Er, señor, ¿nos disculpa un momento?".

Las tres le dimos la espalda y nos apiñamos para celebrar una reunión de urgencia. "¡NO ENCUENTRO LOS PASES!", grité sin gritar. "No lo entiendo, ¡han desaparecido como por arte de magia!".

"¡¡¿QUÉ?!!", exclamaron Chloe y Zoey a la vez.

"¡Seguro que están aquí y no sé verlos!", murmuré mientras vaciaba desesperadamente el bolso.

YO, VACIANDO EL BOLSO EN BUSCA DE
NUESTRAS ACREDITACIONES ESPECIALES

Pero los pases no estaban por ninguna parte. Y el PÁNICO se apoderó de nosotras.

"A ver, ¡tienen que estar por aquí, en algún sitio!", dijo Zoey, intentando no perder la calma. "Nikki, tú ve corriendo a la ventanilla a ver si los has dejado allí. Chloe y yo iremos a la taquilla por si los has dejado junto con los abrigos y las demás cosas. Tranquilas, chicas, ¡SEGURO que los encontramos!".

Las tres nos lanzamos a la búsqueda de las acreditaciones perdidas. Cuando yo llegué a la ventanilla de la taquilla, estaba cerrada porque ya había empezado el concierto, y desgraciadamente no vi los pases por ningún lado. Y Chloe y Zoey tampoco tuvieron suerte.

Se me ocurrió la brillante idea de llamar a Trevor Chase y explicarle el apuro en el que estábamos. Pero, por desgracia, tenía el buzón lleno. ¡☹!

Todo fue de Guatemala a Guatepeor. Cuando le dijimos al guardia que habíamos perdido los pases y le pedimos ayuda, se puso a gritarnos.

"¡Tenéis exactamente sesenta segundos para SALIR de mi espacio!", rugió. "Si no, ¡los haré arrestar a todas por VIOLACIÓN DE PROPIEDAD PRIVADA!!".

Ahí es cuando me enfadé de verdad y perdí los estribos: "¡Sí, claro, don GRUÑÓN! Propiedad privada, ¡pero no SUYA! ¡Y encima ni siquiera es un policía DE VERDAD!", le grité.

Pero solo lo dije en el interior de mi cabeza, y nadie más lo oyó.

Tuve un presentimiento que me dio NÁUSEAS. La única persona que sabía que teníamos pases era...

¡MACKENZIE! ¡¡☹!!

¡Claro! ¡Había derramado el agua encima de Chloe sin querer-queriendo para distraernos! ¡Y luego se había esfumado!

¡Junto con nuestros PASES! ¡¡¡☹!!!

¡¡GRR!! ¡Estaba tan enfadada y tan frustrada que quería llorar! Si no encontraba YA la forma de entrar tras el escenario para ver a Trevor Chase, ¡¡nuestro contrato de grabación se iría A PASEO!!

Ya sabía que A LO MEJOR volvía a estar disponible dentro de siete meses. ¡Pero en la vida nada es seguro! ¡¿Y si va y se MUERE antes?! Mis BFF estaban aún más decepcionadas que yo.

"¡Siento mucho que no haya salido como pensabas, Nikki!", dijo Chloe con tristeza.

"¡Sí! ¡Tenemos una suerte PATÉTICA!", suspiró Zoey.

No había nada qué hacer, solo rendirnos y marcharnos de allí. Además, aquel guardia no nos quitaba el ojo de encima, como si quisiéramos atracar una ventanilla o algo por el estilo.

Seguro que cuando miró el reloj estaba pensando que solo nos quedaban treinta y cinco segundo para abandonar SU espacio o atenernos a las consecuencias.

Desconsoladas, Chloe, Zoey y yo contuvimos las lágrimas y empezamos a deshacer el largo camino que habíamos hecho hasta la entrada principal.

Mi emocionante carrera como estrella del pop había llegado a su fin antes de su comienzo oficial.

Desgraciadamente, tengo que dejar de escribir. La malcriada de mi hermana y la loca de su muñeca señorita Penélope acaban de entrar en mi habitación como Pedro por su casa. ¡Ni que fuéramos compañeras de cuarto!

¡¡¿¿Por qué no fui hija única??!!

Continuará...

¡¡☹!!

A ver, ¿dónde me quedé ayer? Mmm... ¡Ah, sí! Mis BFF y yo íbamos hacia la salida dejando atrás la entrada al escenario cuando de repente ¡nos dimos un SUSTO de muerte! ¡Casi nos atropellan! Casi nos atropella un carrito lleno... ¡del vestuario más fabuloso que he visto en toda mi vida! ¡Madre mía! ¡Aquellos trajes de diseñador eran divinos de la MUERTE!

Enseguida reconocí al famoso diseñador de moda Blaine Blackwell de aquel programa de la tele tan popular, *Por tu ropa fea ya no te conocerán* y su serie derivada, *Por tu cara fea ya no te conocerán*. ¡Blaine estaba hablando por teléfono a mil palabras por segundo! "¡Maravilloso! ¡Me acompañan los de seguridad! Chicas, ¡las Dance Divas seréis las bailarinas mejor vestidas del mundo...!".

Chloe, Zoey y yo miramos el perchero lleno y luego nos miramos entre nosotras. No nos hizo falta decirnos nada, ya sabíamos lo que teníamos que hacer. Cogimos un poco de carrerilla y nos zambullimos de cabeza...

¡¡¡CHLOE, ZOEY Y YO COLÁNDONOS SOBRE RUEDAS DETRÁS DEL ESCENARIO!!!

Después de lo que nos pareció una eternidad, salimos con cuidado de nuestro escondite. Habían dejado el perchero en un pasillo frente a una puerta que decía "VESTUARIO Y MAQUILLAJE".

¡Nuestro plan había funcionado! ¡Por fin estábamos detrás del escenario! ¡Yujuuu! ¡Casi no podíamos contener la emoción!

"¡Ahora solo tenemos que encontrar a Trevor Chase!", grité en voz baja.

"¡Y sin que nos vean los de seguridad!", añadió Zoey.

"¡Es verdad, esto está lleno de seguratas!", dijo Chloe señalando el final del largo pasillo.

Había tres guardias hablando con don Gruñón, el tipo que nos había echado.

Entonces me di cuenta de que ya lo peor nos estaban buscando a NOSOTRAS! ¡¡AY, MADRE!! ¡¡☹!!

"¡Vamos! ¡Que no nos vean!", murmuré.

Oímos una voz grave a nuestras espaldas. "¡NO, CHICAS! ¡¡VOSOTRAS NO OS MOVÉIS DE AQUÍ!!".

¡Del canguelo nos hicimos pis encima! Bueno, casi.

"¡QUIETAS! ¡No mováis ni un músculo! ¡Voy a DISPARAR!".

Ahogamos un grito y nos apiñamos ATERRORIZADAS. ¿De verdad nos iban a DISPARAR simplemente por habernos colado entre bastidores? ¡Era el colmo de la INJUSTICIA!

"Desde luego... ¡debería llamar a las autoridades para que os DETENGAN!".

"¡Po-po-por favor! ¡No dispare! ¡Pue...puedo explicarlo!", dije tartamudeando. "Me llamo Nikki y mis amigas son Chloe y Zoey. El señor Trevor Chase me dijo que...".

"¡SÉ muy bien quiénes sois! ¡Lo siento, pero no tengo más remedio! ¡Me pagan por disparar! Procuraré hacer el menor daño posible. Pero antes daos la vuelta, que os quiero de cara".

¡¿A BLAINE BLACKWELL
APUNTÁNDONOS CON UNA CÁMARA?!

"Lo siento chicas, pero ¡siempre disparo la cámara antes y después! Entiendo que estéis nerviosas. ¿Dónde compráis la ropa? ¿En el VERTEDERO municipal? Ahora, por favor, ¡mirad hacia aquí y decid 'patata'!".

Las tres suspiramos aliviadas.

"¡He creído que USTED creía que ÉRAMOS unas criminales!", dije entre risas nerviosas. "Hemos quedado con el señor Trevor Chase. Nos ha dejado unas...".

Blaine se acercó para mirarme y frunció el ceño.

"Pues cariño, tú no sé, ¡pero esas cejas tuyas sí que SON criminales! Y ¿sabes lo que son los polvos bronceadores? ¡Tendría que estar prohibido NO ponérselos! ¡Y ese jersey naranja vomitivo...! ¡Pena de muerte por llevarlo en público! ¿No te da vergüenza?".

Me quedé muda. ¡Madre mía! ¡No todo el mundo tiene el HONOR de que le ponga verde el famosísimo Blaine Backwell! Chloe, Zoey y yo lo miramos totalmente cautivadas por su increíble genialidad.

"¡Pero no os preocupéis, queridas! ¡He seleccionado el vestuario más fantástico para vuestra gira mundial! ¡Seréis las tres bailarinas más FABULOSAS y mejor vestidas del universo fashion!".

"Pero, pero... ¡creo que se equivoca!", balbuceé. "Nosotras no somos...".

"¡No hay excusa que valga, señorita Cejijunta!", dijo Blaine con mirada glacial. "¡En serio, chicas, sois un DESASTRE TOTAL! ¡Maquillaros y arreglaros será un desafío incluso para mí! Soy famoso en el mundo entero como diseñador y estilista, ¡NO como mago!".

"¡¿Acaba de decir MAQUILLARNOS?!", gritaron contentas Chloe y Zoey. "¡¡YAJUUUUUU!!".

Seguimos a Blaine a los camerinos. A cada una de nosotras nos asignaron un EQUIPO de peluquería, maquillaje y vestuario.

También teníamos nuestras mesas de tocador con bombillitas alrededor del espejo. Y nos pusieron unos albornoces afelpados y unas zapatillas supersuaves.

¡Madre mía! ¡Fue

A-LU-CI-NAN-TE!

¡¡YO, A PUNTO DE UN CAMBIO DE IMAGEN FIRMADO POR EL PROPIO BLAINE BLACKWELL!!

Chloe se quedó mirando la colección de brillos de labios que había en su tocador. "¡Huala! Me ENCANTA este rosa tostado, ¡es precioso! ¡A mí me sentaría genial!".

Pero, en cuanto lo cogió, Blaine se le tiró encima.

"¡¡NO, cariño, no lo hagas!!", gritó mientras mandaba de un manotazo la barra de labios al suelo. "¡Oh, cielos! ¡De qué poco...!", dijo recuperando el aliento.

A Chloe se le quedó cara de ver una serpiente. "Pero ¿qué pasa? ¿Estaba caducada?".

"¡Mucho peor que eso!", respondió Blaine. "¡Estabas a dos segundos de ponerte un tono de brillo de labios invernal! ¡Y tú eres CLARAMENTE un otoño!".

En menos de una hora, apenas podía reconocer ni a mis amigas ni a mí misma en el espejo.

¡Madre mía! ¡Éramos un cruce entre supermodelos y alienígenas marchosas! Más que nada por las pelucas fluorescentes que llevábamos y los monos metalizados luminiscentes que nos habían puesto.

Eso sí, me quedé TOTALMENTE convencida de que en realidad Blaine Blackwell sí que ERA un MAGO...

CHLOE

ZOEY

YO

¡NUESTRA FABULOSA NUEVA IMAGEN, POR CORTESÍA DE BLAINE!

Lo mejor de nuestros nuevos trajes era que ahora los de seguridad no nos podrían reconocer.

¡Y eso sí que era MUY práctico! Porque en los camerinos habíamos oído que don Gruñón (nuestro guardia favorito) había activado una alerta de seguridad.

Se ve que tres jovencitas habían intentado entrar en la zona de bastidores sin autorización y luego no habían querido abandonar el recinto desobedeciendo las instrucciones de los de seguridad.

Habían violado la propiedad privada y ordenaba a los guardias detenerlas en cuanto las vieran y expulsarlas del recinto.

¡¡Las hay que tienen CARA!! ¡Hay que ver lo inmaduras que son algunas chicas de mi edad!

Total, quedaba menos de una hora para que acabara el concierto, y la zona de bastidores era enorme.

Pero estaba segura de que mis amigas y yo encontraríamos a Trevor Chase a tiempo.

Porque, pensaba yo, ¡tan difícil no sería!

¡GENIAL! ¡☹! Otra vez tengo que dejar de escribir mi diario.

¡¡¿QUE POR QUÉ?!!!

¡Porque mi madre quiere que lleve a mi hermana (¡Doña Brianna la Mimada!) al cine a ver *El hada de azúcar va a Hollywood 2*!

¡ARGH! ¡No AGUANTO esas pelis infantiles tan tontas!

Tengo TODA la semana libre. Y pienso pasarla haciendo cosas SUPERIMPORTANTES como... er, bueno... ¡pues como escribir en mi diario y tal!

Vale, NO son unas vacaciones en Florida, PERO...

Lo siento, mamá, pero ¡¡me niego a pasar todo mi tiempo cuidando de Brianna!!

¡¡☹!!

¡Blaine Backwell tenía razón! ¡Chloe, Zoey y yo éramos, sin ninguna duda, LAS bailarinas más FABULOSAS y mejor vestidas del universo fashion! ¡Vaale, es verdad, lo diré bien: LAS bailarinas FALSAS más FABULOSAS y mejor vestidas del universo fashion!

Acabábamos de salir de vestuario y maquillaje cuando oímos un anuncio por megafonía: "Trevor Chase, diríjase al despacho de producción. Ha llegado la limusina que lo trasladará al aeropuerto".

"¡OH, NO!", gritó Zoey.

"¡¿Cómo que ya se va?!", protestó Chloe.

"¡Hay que ir al despacho de producción!", grité. "¡Corriendo!".

No sé cómo se las apañan las famosas y las chicas fiesteras. Si apenas podíamos caminar con aquellos tacones de aguja, ¡imagínate CORRER!

"¡Me duelen los pies con estos tacones!", gimió Zoey.

"¡Pues tienes suerte!", protestó Chloe. "¡Porque yo ya no me siento los PIES! ¡Se me han dormido por completo hace un par de minutos!".

"¡Cuidado! ¡Tres guardias de seguridad al fondo!", susurré.

Intentamos recorrer deprisa el pasillo moviéndonos como supermodelos, pero nuestros contoneos se convirtieron en penosos tropezones y acabamos cojeando espantosamente. Tardamos una ETERNIDAD en llegar a la sección de producción.

"¡Buf! ¡Más seguratas!", dije en voz baja.

Al pasar por delante de los guardias, nos miraron desconfiados, imagino que porque nos movíamos como tres caballos torpes con tacón alto. ¡Pacatá, pacatá, pacatá!...

Pero nosotras pasamos ante ellos sin siquiera mirarlos, alzando el mentón como divas ensimismadas...

CONTONEÁNDONOS ANTE LOS SEGURATAS

Cuando vi la puerta del despacho de producción a tan solo DIEZ metros, por fin pude respirar. Y luego a cinco, cuatro, tres, dos...

A mí se me salía el corazón, y Chloe y Zoey parecían al borde de un ataque de nervios. Puse la mano sobre el pomo de la puerta, sonreí y susurré a mis amigas: "¡Menos mal! ¡Lo hemos cons...!".

"¡DETÉNGANSE AHÍ, SEÑORITAS!", gritó don Gruñón mientras se nos acercaba corriendo.

"¡LO SIENTO! ¡NO DAMOS AUTÓGRAFOS!", le replicó Chloe. "¡QUE ALGUIEN LLAME A SEGURIDAD para detener a este... ¿GUARDIA DE SEGURIDAD?!".

¡La hubiera matado!

"Siento molestarlas, señoritas", dijo vacilante. "Pero tengo que preguntarles algo importante".

¡Oh, Dios! ¡Estábamos TAN muertas! Contuvimos el aliento y esperamos el inevitable desenlace...

"ER, ¿ESTE PENDIENTE ES DE ALGUNA DE USTEDES? LO HE ENCONTRADO EN EL SUELO".

"¡Ay, sí, es mío!", dijo Zoey aliviada. "¡Gracias!".

"Como somos ricas y famosas, estos pendientes deben de valer diez dólares, quiero decir, diez mil dólares. Los llevan también todas las famosas Disney. De hecho, somos bastante amigas", mintió Chloe. "Y esta noche iremos a una fiesta que da... ¡¡AY, me has hecho DAÑO!!".

Por suerte, Zoey le había dado a Chloe una patada en la espinilla antes de que lo acabara de estropear todo.

"¡Vamos, chicas!", dije con una sonrisa falsa estampada en la cara. "No podemos hacer esperar al señor Trevor Chase".

"Buenas noches, señoritas", se despidió el guardia.

¡No podía creer que lo hubiéramos CONSEGUIDO! ¡Reunirnos con Trevor Chase iba a ser una PASADA!

Abrimos la puerta y entramos corriendo en el despacho. Y nos paramos en seco, alucinadas y sin creer lo que veíamos. Porque teníamos delante a...

¡¡¿NIKKI, CHLOE Y ZOEY?!!

Al menos eso es lo que decían sus identificaciones.

¡ARGH! ¡¡OTRA VEZ tengo que dejar de escribir!!

Mi padre me acaba de pedir que lo acompañe al centro comercial para ayudarle a comprar un regalo para mi madre. Su cumpleaños es el sábado 15 de marzo.

Conste que estoy de VACACIONES.

Pero no lo parece, porque mi madre, mi padre y mi hermana no hacen más que pedirme cosas que me acortan mi valioso tiempo sin clases.

¡¿Cómo se supone que voy a escribir un diario con todas estas INTERRUPCIONES constantes?!

¡¡En fin, mañana seguiré poniendo VERDE a Mackenzie...!!

¡☺!

¡POR FAVOR! ¡NO podía creer que Mackenzie y sus amigas Jessica y Jennifer estuvieran haciéndose pasar por NOSOTRAS! ¡¡Hay que tener MORRO!!

Si ya era malo que nos hubieran apuñalado por la ESPALDA robándonos las acreditaciones, ¡ahora encima nos robaban la identidad en nuestra CARA!

Aunque, si tenemos en cuenta el detalle de que nosotras acabábamos de maquillarnos Y llevábamos trajes para actuar Y estábamos haciéndonos pasar por las Dance Divas, supongo que no es del todo EXACTO decir que lo hacían en NUESTRA CARA.

Pero ¡¿Y QUÉ?! Tenía TANTA rabia que hubiera... ¡¡ESCUPIDO!!

Y en estas que Mackenzie y sus amigas gritaron y se nos abalanzaron.

"¡Oh, cielos! ¡No puedo creer que esté delante de las Dance Divas! Me llamo Nikki y estas son mis amigas

Chloe y Zoey", mintió. "¿Me firmas un autógrafo, por favor? Es para una amiga, pon: 'Para Mackenzie, guapa, lista y ¡futura estrella del pop!', y yo ya se lo daré".

¡Y fue la tía y me tendió papel y bolígrafo!

"¡Encantada de conocerte, Nikki!", le dije, siguiéndole el juego. "Claro que te firmaré mi autógrafo. De hecho, se me ocurre un mensaje especial para ti...".

Para Mackenzie,

¡la mayor LADRONA del mundo y MENTIROSA patológica! ¡¿Cómo os atrevéis a robarnos las acreditaciones y luego encima os hacéis pasar por nosotras?! ¡Me das pena! ¡Haz algo con tu vida, tía!

"¡Muchísimas gracias!", babeó Mackenzie/Nikki falsa. "¡Gracias por darme un autógrafo para mi buena amiga Mackenzie!".

Entonces, con una gran sonrisa, se puso a leer en voz alta y sobreactuando lo que yo había escrito: "Para Mackenzie, la mayor ¡¡¿¿LADRONA del mundo y MENTIROSA patológ...??!! ¡¡¿QUÉ?!!".

Frunció el ceño y entornó los ojos dirigiéndome una mirada glacial.

"¡Un momento! ¡Vosotras NO sois las Dance Divas!", escupió. "¡Pero si...! ¡¿Nikki Maxwell?! ¿Eres TÚ? ¡Y Chloe y Zoey! ¿Qué estáis haciendo VOSOTRAS aquí?".

"Perdona, pero la pregunta es: ¿qué estáis haciendo VOSOTRAS aquí? ¿Y por qué nos suplantáis?", dije yo.

"¡Por nada que te importe!", dijo Jessica.

"¡Por supuesto que NOS importa!", gritó Zoey. "¡Trevor Chase le dio esos pases a Nikki! Tenían que encontrarse aquí. Hasta que una adicta al brillo de

43

labios y aspirante a DELINCUENTE arrojó agua sobre Chloe para distraernos y se dio a la fuga con nuestros pases".

"Vaya, Nikki, ¡pues qué mala suerte! He oído que ya ha salido hacia el aeropuerto", se burló Mackenzie.

¡Se me cayó el alma a los ~~pies~~ tacones! No podía creer que, después de todo lo que habíamos pasado, Trevor Chase se hubiera ido sin hablar con nosotras sobre el contrato de grabación.

Se me hizo un nudo en la garganta y contuve las lágrimas. Lo último que me faltaba era que se me empezara a correr el rímel de brillantina por las mejillas.

"¡Es verdad! ¡O sea que ya podéis volver a vuestra cueva!", se burló Jennifer.

Se abrió la puerta de golpe y entraron tres guardias de seguridad, el primero, don Gruñón.

"¡¿Qué es este escándalo, señoritas?! ¡Se las oye desde el final del pasillo! ¿Va todo bien?".

"¡Pues, mire, no!", dijo Mackenzie. "Estas chicas no deberían estar aquí. Son... ¡¡IMPOSTORAS!".

"¡¿Qué?! ¿Está seg...segura?!", tartamudeó.

Los guardias de seguridad nos miraron a Chloe, a Zoey y a mí con cara de no entender nada.

"¿De verdad ha hecho lo que acaba de hacer?", pensé. ¡Estábamos MUERTAS! ¡¡OTRA VEZ!! Mackenzie siempre andaba metiendo las narices en MIS asuntos.

Bueno, pues, si quería jugar, ¡¡jugaríamos todos!! Ella lo había EMPEZADO todo, ¡pero yo lo iba a ACABAR!

"¡Pues, mire, no! ¡Son ELLAS las que no deberían estar aquí! ¡¡ELLAS son las IMPOSTORAS!!", exclamé.

Entonces los guardias se volvieron a mirar a Mackenzie, Jessica y Jennifer.

Las tres se encogieron y se arremolinaron como gusanos.

"¡NO la crea! ¡Estas NO son las auténticas Dance Divas!", contestó Mackenzie.

"¡Y estas no son las auténticas Nikki, Chloe y Zoey!", grité yo. "¡NOS han robado las acreditaciones!".

Ahora sí que los seguratas no entendían NADA.

Me miraban a mí (la Nikki auténtica y la Dance Diva falsa) y miraban a la Nikki falsa (la Mackenzie auténtica), me volvían a mirar a mí (la Nikki auténtica y la Dance Diva falsa) y volvían a mirar a la Nikki falsa (la Mackenzie auténtica).

¡Y mirándonos así, de unas a otras, se pasaron una ETERNIDAD! Confieso que hasta yo estaba empezando a hacerme un lío.

"¡Nikki, mientes!".

"¡Mackenzie, mientes TÚ!".

Entonces las dos nos señalamos furiosas
y gritamos...

La cosa se complicó AÚN más cuando de repente
tres chicas con maillots de baile entraron con Blaine
Blackwell. Y no se las veía NADA contentas.

Blaine se nos acercó, nos señaló directamente a la cara y gritó...

¡¡SEGURIDAD!!
¡¡DETENGAN A LAS IMPOSTORAS!!

¡Supongo que don Gruñón ya había oído bastante! Porque nos miró a todas con los ojos prácticamente salidos de las órbitas. Y con "TODAS" me refiero a Chloe, Zoey, yo, Jessica, Jennifer y Mackenzie.

Entonces gritó a pleno pulmón como un chiflado:

"¡¡¿CÓMO?!!!", gritamos todas FLIPANDO.

¡Todas nos pusimos a hablar al mismo tiempo!
¡Y Jessica y Jennifer se pusieron a llorar!

El guardia de seguridad siguió hablando: "A ver,
¡a calmarse todo el mundo! ¡No tengo más remedio
que deteneros a TODAS hasta que resolvamos
todo esto!".

"¡Déjeme que se lo explique, por favor!", rogué.

"Sí, sí, os tomaré declaración a todas DESPUÉS de
presentar un primer informe al jefe de seguridad.
Pero primero tengo que llamar a vuestros padres y...".

"¡¡¿NUESTROS PADRES?!!!", gritamos todas.

"Sentaos y poneos cómodas. Me temo que va a ser
una noche larga. ¿Alguna de vosotras tiene alguna
pregunta?".

Había tanto silencio en la habitación que se podía oír
el vuelo de una mosca.

Me aclaré la garganta y levanté la mano.

"Sí, señorita, ¿qué desea saber?".

"Er... ¿pue... pue... puedo ir al baño?", murmuré.

Salí corriendo hacia el baño y empecé a temblar ante la idea de que me iban a enviar directamente a la cárcel.

Y recé para que, SI de verdad me enviaban a la CÁRCEL, me dejaran al menos llevar mi diario.

¡Pero entonces tuve una visión TERRIBLE!

¿Y si a Mackenzie y a mí nos ponían juntas en la misma CELDA?

¡CONDENADA a pasar diez años de cárcel en una celda minúscula con ELLA en la litera de arriba!

La sola idea me dio sudores fríos.

MI COMPAÑERA DE CELDA, MACKENZIE, Y YO

¡Oye, todo es posible!

¡AAAAAAHHH! ¡¡☹!!

(¡Esa era yo gritando!)

¡Aunque siempre podría contratar a uno de esos abogados criminalistas tan famosos para que me defienda! Y entonces podría convencer al tribunal ¡para que me condenara A MUERTE en lugar de a compartir litera con Mackenzie!

Nunca se sabe, ¡podrían pronunciarse a mi favor!

¡YUJUUU!
¡¡☺!!

(¡Lo sé, lo sé! ¡Llevo una ETERNIDAD explicando lo que me pasó el sábado por la noche en aquel concierto! Bueno, como mínimo, cuatro días. Oye, ¡a lo mejor me dan un récord Guinness! Continuará mañana...)

¡Llegó el momento que tanto había estado TEMIENDO!

El jefe de seguridad estaba a punto de llamar a los primeros padres. ¡LOS MÍOS! ¿Por qué YO? ¡¡☹!!

Supongo que porque Mackenzie había convencido a todo el mundo de que sus padres estaban en una travesía de seis meses a pie por la selva de Perú, donde la señal de móvil era prácticamente inexistente.

¡Esa chica era TAN mentirosa!

Hay que ser BURRO para creer una historia tan cutre, ¿verdad? ¡Pues TODO el equipo de seguridad se la tragó!

Decidieron hacer caso a Mackenzie y enviar una nota a SUS padres por paloma mensajera.

Yo sabía que MIS padres me MATARÍAN.

Pero intenté mirar el lado positivo.

Cuando fueran a la cárcel por intento de asesinato,
¡estaríamos todos juntos como una familia FELIZ! ¡¡☺!!

FOTO FAMILIAR EN LA CÁRCEL

Y conmigo, mi madre y mi padre quitados del medio,
Brianna podría utilizar mi MÓVIL todo el tiempo
que quisiera y podría comer su plato favorito (un bol
enorme de kétchup, pasas y helado) para desayunar,
comer y cenar...

BRIANNA, SOLA EN CASA, PRINGANDO POR COMPLETO MI MÓVIL ¡¡☹!!

Cuando estaba a punto de entregar al mismo tiempo el número de teléfono de mis padres y toda ESPERANZA, entró la ÚLTIMA persona que esperaba ver.

¡No! ¡No era PAPÁ NOEL, tonta! Era...

¡¡TREVOR CHASE!! ¡¡☺!!

Los que estábamos en el despacho nos lanzamos sobre él y empezamos a hablar al mismo tiempo, ¡incluida YO!

"¡Trevor! Me han engañado para que peinara, maquillara y vistiera a tres delincuentes comunes. ¡Mi reputación de Por tu ropa fea y Por tu cara fea se irá al GARETE!".

"¡Unas intrusas se han hecho pasar por nosotras, las Dance Divas!".

"Sí". "¡Y ni siquiera saben bailar!".

"¿Bailar? ¡Pero si no saben ni caminar! Tenías que haberlas visto dando bandazos sobre esos tacones".

"Señor, hemos detenido a seis sospechosas en relación con una oleada de delitos cometidos en el recinto del estadio, y seguimos investigando".

"¡Soy Mackenzie! ¿Se acuerda de MÍ? Gané el Concurso de Talentos del Instituto Westchester Country Day con mi increíble coreografía. Bueno, es igual, pero no crea nada de lo que Nikki Maxwell le diga de mí. Está delirando porque hoy ha olvidado tomarse la medicación".

"¡Eres TÚ la que necesitas ayuda, Mackenzie! ¿Cómo te atreves a decir eso de mi amiga Nikki y a 'susurrar acusaciones insidiosas al oído de la multitud' (Virgilio)?".

"Hola, me llamo Jessica y puedo tocar *Un yanqui viaja a la ciudad* con el acordeón mientras bailo claqué con botas vaqueras rosas. Sería perfecto para su programa. Escuche, escuche... ¡'Un yanqui viaja a la ciudad, cabalga sobre un pooooni'!".

"¡Nikki es mi amiga, mucho cuidado! Por cierto, ¿nadie se va a comer estas magdalenas? ¿O estas galletas? ¿O estos... ¡AY! ¡Me has hecho daño!".

"¡Yo quiero irme a casaaaa! ¡Buaaaaa!".

"Mire, si me firma aquí, mi equipo de seguridad estará autorizado para presentar cargos contra todas las personas involucradas".

Al final, Trevor Chase no pudo más. "¡SILENCIO!

¡Callaos todos, por favor!", gritó. "Muy bien, quiero hacer una sola pregunta, muy importante: ¿QUIÉN es responsable de todo este CAOS?". Y entonces TODAS esas personas tan enfadadas que había en el despacho van y me señalan a MÍ...

YO, SEÑALADA POR UNA MULTITUD DESPIADADA

¡Se ve que todo ERA culpa mía!

Si me hubiera quedado en casa y hubiera compartido un gran bol de kétchup, pasas y helado con Brianna, NADA de esto hubiera pasado.

Bajé la mirada y suspiré. Ya podía ir despidiéndome del contrato para grabar el disco.

"Señor Chase, siento muchísimo todo la confusión. Es que nuestras acreditaciones han desaparecido. Y hemos tenido que colarnos entre bastidores y coger prestados los trajes de las Dance Divas para que nadie nos reconociera. Y cuando por fin hemos llegado aquí para hablar con usted sobre nuestro contrato de grabación, usted ya se había ido. Y entonces nos ¡HAN DETENIDO! Siento mucho haber liado a todo el mundo y haberle estropeado a usted la noche".

Trevor Chase se quedó mirándome con expresión de perplejidad.

"¿Te conozco? ¡Un momento! ¿Tú eres NIKKI MAXWELL?", preguntó, entornando los ojos.

Primero sonrió. Luego se le escapó una risita. Luego se puso a reír. Histéricamente, como loco.

Y enseguida todos los que estábamos en el despacho acabamos también riendo.

¡Hasta YO! ¡Aunque no entendía qué narices hacía TANTA gracia!

"¡Blaine, eres un genio!", dijo Trevor. "Me había creído por completo que Nikki y sus amigas eran realmente las Dance Divas. ¡Quiero que lleves la peluquería, el maquillaje y el vestuario de mi programa de televisión!".

"¡Me ENCANTARÍA!", contestó emocionado Blaine. "Cuando he visto estas tres chicas con esa ropa tan chabacana, esas melenas de puntas abiertas y esa espantosa uniceja, me han dado mucha pena. Por eso les he rogado que me dejaran hacerles un cambio de imagen. ¡Y he insistido en vestirlas con mis últimos diseños! Como siempre digo, ¡soy estilista y MAGO!".

"Entonces ¿quiere o no quiere presentar cargos contra ellas?", preguntó don Gruñón golpeando impaciente el cuaderno con el bolígrafo.

"¿Presentar cargos contra ellas? ¡Claro que NO! El único delito de estas chicas es la forma en que están destrozando esos tacones de aguja. ¡Madre mía! ¡Andan como jirafas mareadas con tobillos de gelatina!".

¡NO podía creer que nos estuviera poniendo verdes OTRA VEZ el mundialmente famoso Blaine Backwell de Por tu ropa fea no te conocerán! Nos hacía sentir como animales de granja indomesticables. ¡¡YAJUUUUU!! ¡¡☺!!

"¡CASO CERRADO!", anunció don Gruñón. "Tanto trabajo me ha abierto el apetito, de manera que con su permiso cogeré alguno de estos deliciosos pastelitos y volveré a mi puesto".

Por suerte al final todo había salido bien.

Mackenzie incluso se disculpó por robarme "sin querer" los pases. Me dijo que quería ir al baño pero que no sabe cómo se perdió y acabó entre bastidores... ¡comiendo magdalenas con mi acreditación con MI nombre colgada de SU cuello! ¡☹!

¡¡Hay que tener CARA!! ¡Esa chica es una MENTIROSA PATOLÓGICA!

Creo que se puso tan amable y tan dulce solo para impresionar a Trevor Chase.

¡Y SÍ! Como Zoey empezó a hacerme sentir culpable, acepté las disculpas de Mackenzie y decidí NO presentar cargos contra ella ni enviarla a la cárcel.

Pero SOLO lo hice porque me dio mucha PENA la pobre desgraciada a la que le podría tocar compartir litera y celda con ella. Mira, ¡no le enviaría a Mackenzie ni a mi peor enemiga! Que, por desgracia, ¡es ELLA misma! ¡☹!

Total, que Blaine dejó que nos quedáramos los trajes de las Dance Divas, que nos dieron una idea genial para Halloween. Podríamos pintarnos las caras de verde vómito y ser las Zombidivas. ¡¡¿Soy o no soy GENIAL?!!

¡Al FINAL nos reunimos con Trevor Chase! ¡¡Y no te lo pierdas!! ¡Dijo que quería poner en marcha la grabación de nuestra canción "LOS PEDORROS MOLAN"!

¡YAJUUUUU!

Trabajaremos con su productor en un estudio de aquí mientras él termina la gira mundial con los Bad Boyz. Pero antes él se iba a quedar un día más para lanzar un proyecto totalmente nuevo.

Quería reunirse con nuestros padres al día siguiente, el domingo, para que le firmaran las autorizaciones y los contratos. Luego pensaba invitarnos a todos los miembros de la banda a comer pizza en Queasy Cheesy ¡para anunciarnos una gran sorpresa!

¡Chloe y Zoey estaban tan contentas! Decían que

grabar una canción iba a ser lo MÁS emocionante que les habría pasado en su vida. ¡Y que yo era una amiga maravillosa! Aunque hubiera estado a punto de mandarlas a la cárcel conmigo. ¡Las dos me dieron un enorme abrazo GLAMURIÑOSO!

CHLOE Y ZOEY, ESTRUJÁNDOME
EN UN GRAN ABRAZO

Yo ya estaba impaciente por estar con Chloe y Zoey en el estudio de grabación.

Encima, como BRANDON es nuestro batería, también quería decir que iba a pasar mucho más tiempo con ÉL.

¡¡YAJUUUUUU!!

Aunque confieso que en el fondo estoy un poco nerviosa con este proyecto.

¡Debo recordar que no es más que una canción!

¡No una tesis doctoral!

Porque, digo yo, ¡tan difícil no será!

¡¡☺!!

¡Tengo que dejar de escribir! Mi madre me está llamando a cenar. Mañana acabaré de contar lo que pasó después . ¡Espero!

El domingo por la mañana me levanté mareada y confundida.

Todo lo que había pasado el sábado por la noche parecía un sueño MUY extraño.

De pronto sonó el móvil.

Muy fuerte...

¡BIP BIP BIIIIIP! ¡BIP BIP BIIIIIP! ¡BIP BIP BIIIIIP!

Me tapé la cabeza con la almohada y gruñí. Pero siguió sonando...

¡BIP BIP BIIIIIP! ¡BIP BIP BIIIIIP! ¡BIP BIP BIIIIIP!

¡No paraba NUNCA el muy pesado! Me incorporé en la cama medio grogui y respondí la llamada...

¡Eran mis BFF, Chloe y Zoey!

Llamaban para despertarme y recordarme que a mediodía teníamos una cita MUY importante.

Entonces me di cuenta de que ¡todas aquellas LOCURAS me habían pasado DE VERDAD!

¡Incluida la parte GUAY del contrato de grabación

¡¡¡YAJUUU!!!

Salté como un rayo de la cama y llamé a Brandon, Marcus, Theo y Violet para contarles las emocionantes noticias. ¡¡Trevor Chase quería vernos a todos en el Queasy Cheesy para hablar de nuestra grabación!!

Cuando todos llegamos al restaurante, Trevor se reunió primero con nuestros padres y tutores.

Luego se reunió con NOSOTROS...

MI BANDA Y YO, REUNIDOS CON
TREVOR CHASE EN EL QUEASY CHEESY

Nos explicó que grabaríamos con su ayudante de
producción, Scott, a partir del 17 de marzo y
durante unos quince días.

Si todo salía según lo planeado, ¡nuestra canción saldría al mercado en junio! ¡YAJUUU! ¡¡☺!!

Trevor Chase anunció después ¡que seríamos los teloneros de los Bad Boyz en su próximo concierto en nuestra ciudad!

Lógicamente, ¡las chicas empezamos a gritar histéricas cuando oímos ESAS noticias! Y los chicos se chocaron los cinco entre ellos.

¡Nuestra fiesta de presentación (¡sí, FIESTA! ¡☺!) se iba a celebrar en el fabuloso Complejo de Esquí de Swanky Hill el sábado 29 de marzo! Y todos los beneficios de la venta de nuestros discos durante la fiesta serían para Kidz Rockin', una ONG que ofrece becas y estudios de música a los niños. ¡¿A que MOLA?!

Luego Trevor puso una gran sonrisa y dijo que había guardado la MEJOR sorpresa para el final. ¡Madre mía! ¡No me podía creer que hubiera noticias aún mejores que todo lo que nos había dicho!

Hasta que me señaló y dijo...

74

¡Y no te lo pierdas!

Detrás teníamos a un tipo que sujetaba carteles en los que ponía lo que tenía que decir Trevor Chase ante las cámaras.

Yo me quedé inmóvil, parpadeando nerviosa y con una estúpida sonrisa estampada en la cara.

Entonces surgió de la nada un equipo de filmación entero.

Y una enorme cámara apuntándome, un potente foco iluminando desde arriba y un micrófono plantado ante mis narices.

Si no llego a estar sentada, me habría desplomado allí mismo.

Mis BFF habrían tenido que DESPEGARME literalmente del suelo.

Todos los que estábamos sentados a la mesa nos habíamos quedado boquiabiertos y con los ojos como platos.

Y yo seguía allí, con la estúpida sonrisa estampada en la cara. Una enorme cámara me hizo zoom tan cerca que seguro que se me veían los pelos de la nariz...

YO

Trevor explicó a nuestros telespectadores (¿¡nuestros TELESPECTADORES?!) que un equipo de filmación de la emisora local filial de su cadena empezaría a grabarme el lunes 10 de marzo y hasta el final del mes: en el insti, en casa, en los ensayos con la banda, en las grabaciones del estudio o simplemente cuando estuviera divirtiéndome con mis amigos.

Sabía que había sido muy afortunada de tener semejante oportunidad. ¡Muchos MATARÍAN por estar en mi lugar! Que un *reality* hubiera decidido relatar mis experiencias como ESTRELLA DEL POP y ACTRIZ era, simplemente..., ¿cómo lo diría?... er...

¡¡GLAMUROSO!! ¡¡☺!!

Sin embargo, a pesar de todo eso, había un pequeño detalle que me daba auténtico PÁNICO.

Y ese detalle era la posibilidad de que una cámara de televisión me siguiera hasta...

¡MI CASA! ¡¡☹!!

Eso sí que era un problema, porque yo tengo un secreto muy grande: ¡A mí el instituto me lo paga una beca concedida gracias a un contrato de fumigación! ¡☹!

Y el fumigador tiene un cacharro de furgoneta que lleva pegada encima una espantosa cucaracha de plástico de metro y medio llamada Max. Por desgracia, ¡los TRES viven en mi casa! ¡☹!

De verdad que me MORIRÍA de VERGÜENZA si la gente del insti viera en la tele estas cosas tan SUPERpersonales de mi vida.

"Entonces, Nikki...", leyó Trevor de un cartel, "¿qué me dices? ¿Estás dispuesta a dejar que todos nuestros telespectadores te sigan desde casa en tu fabulosa aventura en busca de la fama, enseñándoles trocitos de tu vida más privada?".

Me di cuenta de que todos mis amigos me miraban nerviosos e impacientes por conocer mi respuesta.

Era bastante probable que este programa ARRUINARA mi vida. Respiré hondo y me mordí el labio.

"Er... ¡VALE!", respondí mirando directamente hacia la cámara y cegando a la audiencia con mi brillante sonrisa y mi encanto PEDORREICO.

Pero otra parte de mí —un lado más oscuro e inseguro— quería gritar a pleno pulmón al MUNDO entero mi respuesta REAL...

¡MADRE MÍA! ¡Las próximas tres semanas voy a estar MEGAOCUPADA! ¡¡Mi horario es absurdo QUE LO FLIPAS!! Y, si no te lo crees, míralo:

Filmación programa	Lun a vier	8.00 h – 15.00 h
Clases de voz	Lun a vier	17.00 h – 18.00 h
Sesiones de grabación	Lun a vier	19.00 h – 20.30 h
Ensayos con la banda	Por determinar	

¡SIGO sin creerme que de verdad voy a grabar un disco Y un programa de televisión! ¡Y TODO a la vez! Y el lunes, mi primer día de insti después de vacaciones, empezaré clases particulares de voz.

Solo espero no estar demasiado ocupada para pasar tiempo con Brandon. Me sentí un poco rara cuando lo vi en la pizzería con Trevor Chase. Era la primera vez que nos veíamos desde el Baile de San Valentín Y... bueno, ¡tú ya sabes!

Estuvimos todo el tiempo poniéndonos colorados, y a

mí me dio un ataque agudo de risa tonta. Pero quería saber qué pensaba de... er, ¡de eso!

Así que cogí aire y disparé mi pregunta mientras comíamos pizza...

ENTONCES, BRANDON, EN EL BAILE DE SAN VALENTÍN. ¿CÓMO TE SENTISTE CUANDO...?

Pero, por desgracia, todo se volvió
SUPERembarazoso de repente...

Me dio tanta vergüenza preguntarle con la cámara delante que me corté.

Digo yo que estas cosas tan personales se hablan en privado, NO en una pizzería con Trevor Chase, tus CINCO mejores amigos y un equipo ENTERO de filmación delante.

¡¡¡Y mientras sales por la TELE!!!

¡Madre mía! ¿Te imaginas lo EMBARAZOSO que sería?

Solo espero que ninguna de las locuras que han pasado últimamente estropee nuestra amistad.

Porque me parece que ¡ahora me gusta aún MÁS!

Y no te lo pierdas...

Antes de irnos, Brandon me dijo que tenía una cosa muy importante que decirme, pero prefería esperar hasta que tuviéramos un poco más de intimidad.

¡Me sorprendió mucho OÍR eso!

¡Y ahora la curiosidad me está MATANDO!

No tengo la menor idea de qué quería decirme.

A no ser que él quiera decirme a MÍ lo mismo que yo pensaba decirle a ÉL.

¡YAJUUUUU!

¡Esto de los chicos es tan complicado!

¡¡Y tan DIVERTIDO!!

¡¡GENIAL!! ¡¡☹!!

Me parece que mi madre está abajo preparando una cena especial de domingo. Últimamente mira mucho el canal de recetas de cocina y ahora está obsesionada con el tema de la cocina sana.

Y no se puede decir que antes cocinara especialmente bien.

¡Pero es que ahora sus platos han pasado de ser MUY MALOS a ser HORRIBLES!

¡Lo siento, mamá! ¡☹!

Supongo que lo peor de sus nuevos platos es ese OLOR tan agrio y tan fuerte que tienen.

Hace una semana hizo pizza casera y TODAVÍA no me he podido sacar el tufo del pelo.

¡Y me lo he lavado TRES veces!

Y es que ya me dirás... ¡¡¿CÓMO se puede hacer mal una PIZZA?!! ¡Pero si basta con llamar al servicio a domicilio, hacer el pedido, abrir la puerta cuando oigas el timbre, ABRIR la caja de la pizza y comérsela!

Pues no. ¡Mi madre se puso creativa y preparó una pizza de judías negras con molleja de pollo, ocra y remolacha! ¡¡¡Y SIN QUESO!!!

¡¡TOMA YA!!

Parecía un animal muerto ¡y sabía a animal muerto! Pero lo PEOR de todo era que ¡¡OLÍA a animal muerto!!

Tuvimos que gastar, no sé... ¡diecisiete ambientadores! De esos que salen en esos anuncios tan tontos, en los que meten a dos personas con los ojos vendados en un sitio asqueroso y maloliente.

Y luego, solo porque estaba puesto el ambientador en la habitación, esas personas siempre dicen que huele a jardín primaveral con un toque de lavanda...

PAREJA QUE NO SOSPECHA NADA Y CREE QUE
ESTÁ EN UN SITIO LIMPIO Y QUE HUELE BIEN

Pero cuando se quitan las vendas, siempre se quedan
ALUCINADOS y SORPRENDIDOS...

¡PAREJA QUE NO SOSPECHABA NADA,
ALUCINADOS AL VER QUE ESTABAN
SENTADOS SOBRE UNA PILA DE ESTIÉRCOL,
EN UNA GRANJA INFESTADA DE MOSCAS
Y CERCA DE DOS MALOLIENTES VACAS!

¡¡¡ECS!!! ¡¡☹!!

Ahora que lo pienso, creo que a lo mejor me hago para cenar un sándwich de mantequilla de cacahuete y jalea.

¡LO SIENTO, MAMÁ!

¡¡☺!!

Hoy todo el mundo estaba muy emocionado de volver al insti después de la semana de vacaciones. Algunos se habían ido de vacaciones a Florida. ¿Y YO? Pues pasé casi todo el tiempo rondando por casa y escribiendo en mi diario. Bueno, ¡y contenta de NO pasar las vacaciones en la CÁRCEL, que es adonde estuvo a punto de mandarnos Mackenzie!

Creo que AL FINAL su adicción al brillo de labios está empezando a afectarle el cerebro. Desde su enorme fracaso en el Baile de San Valentín, esa chica ha sido especialmente MALVADA.

¡No fue culpa MÍA que acabara dentro de aquel apestoso contenedor enfundada en su valioso traje de marca! Bueno, vale, un poquito puede que SÍ que lo fuera.

Pero ¡¡¿Y QUÉ?!! ¡Lo tenía bien MERECIDO!

Esta mañana, cuando estaba en mi taquilla pensando en mis cosas, me ha sonreído y ha dicho...

¡Esa chica ME ODIA A MUERTE! ¡☹!

Llamar a Mackenzie "retorcida" es un eufemismo. Es una cobra con pendientes de aro, extensiones rubias y falso bronceado.

Le he lanzado una mirada furibunda: "¡Es verdad, Mackenzie, TÚ eres experta en váteres! Solo son las 8 de la mañana y ya sufres ESTREÑIMIENTO cerebral y un ataque agudo de DIARREA bucal! ¡Anda y tírate de la CADENA!".

Mackenzie ha entornado los ojos y se me ha encarado, como una pizza picante de pepperoni y doble queso a punto de caerme encima: "¡Este no es tu sitio, Maxwell! ¡Eres una IMPOSTORA patética, y un día diré la verdad al MUNDO entero! ¡Así que te aconsejo que vayas con cuidado!".

Entonces se ha puesto a reír como una bruja y se ha marchado contoneándose. ¡Qué rabia me da ese contoneo de Mackenzie! ¡Pero no tenía tiempo de preocuparme por una teatrera inmadura y engreída. Tenía una reunión muy importante con mi directora...

LA DIRECTORA
DE MI REALITY

"BUENO, NIKKI, HOY NOS LIMITAREMOS A
SEGUIRTE POR EL INSTITUTO".

Pues sí, absolutamente TODO el mundo del instituto ha visto al equipo de filmación. Fuera donde fuera, yo era el centro de atención.

Lo mejor de todo es que todo el mundo era SUPERamable conmigo, incluidos los profes. Seguro que querían dar una buena impresión en la tele.

Por supuesto, en ningún momento me he separado de mis BFF. Las he invitado a ser protas conmigo. Hemos reído, hablado y andado juntas como hacemos siempre.

Para almorzar, la directora ha pedido hamburguesas y patatas con queso del Crazy Burger y ha enviado a un ayudante a recoger la comida.

¡Y de postre hemos comido minimagdalenas de lujo especialmente enviadas desde la mejor pastelería de Nueva York! ¡Madre mía, lo buenas que estaban! Creo que me he comido casi una docena y media.

¡Pero ahora viene lo bueno! Los compañeros me hacían fotos con el móvil en el pasillo y me pedían autógrafos durante las clases.

¡Empiezo a sentirme como una FAMOSA de verdad!

¡Mackenzie y las GPS (Guapas, Populares y Simpáticas) tienen TANTA envidia! No hacían más que mirarme y susurrar entre ellas. ¡Pero me da igual! No resisten haber dejado de ser ELLAS el centro de atención.

¡¡AHORA SOY YO!! ¡¡☺!! ¿Pica la envidia?

Mi directora dice que grabaremos ocho episodios en total. Y que se irán emitiendo uno o dos días después de grabarse. ¡¡¿A que MOLA?!!

¡Me está ENCANTANDO esta historia de la tele!

RECORDATORIO:

¡HOY tengo clase particular de voz de cinco a seis de la tarde! ¡Me muero de ganas!

¡¡☺!!

NIKKI MAXWELL:
O CÓMO SE HACE UNA PRINCESA DEL POP.
EPISODIO 1

¡Ayer mi primera clase de voz fue de maravilla! Mi profe dijo que tenía talento natural y que aprendía rápido. ¡¡¡YAJUUUUU!!! ¡¡☺!!

En fin, resulta que anoche vi la peli *Kárate Kid* y pensé: "¡Ostras! ¡Ojalá yo pudiera hacer eso!".

¡Con "ESO" me refiero al KÁRATE! Aunque confieso que también me gustó la escena del primer BESO del protagonista. ¡¡☺!! Me ENCANTARÍA ser la karateca fiera, fabulosa y luchadora que toda chica quiere ser y con la que todo chico quiere estar. Mackenzie no se metería NUNCA más conmigo. ¡Y Brandon me pediría por fin que fuera su novia! Más le valdría porque, si no, ¡menuda paliza le iba a dar! ¡Broma! ¡¡☺!!

Hoy el equipo de filmación ha venido a educación física. ¡Como si a alguien le pudiera interesar verme recibir otro pelotazo en la cara jugando al balón prisionero! En fin, volviendo al principio y como dicen por ahí, "a veces hay deseos que mejor no ver cumplidos".

Nuestra profa tenía importantes noticias que darnos...

¡ESCUCHAD TODOS, TENGO BUENAS NOTICIAS! ESTE MES APRENDEREMOS DEFENSA PROPIA Y ARTES MARCIALES. ¡PONEOS EN FILA PARA RECOGER VUESTRO EQUIPO!

Entonces nos ha dado a todos un traje de kárate, que se llama "karategi". Iba con un cinturón blanco, porque todos éramos principiantes.

Chloe, Zoey y yo estábamos impacientes por ponérnoslos. ¡Y nos quedaban ESTUPENDOS! Como chicas de verdad, reales con... er... trajes de kárate.

A Chloe se le ha ocurrido la loca idea de que debíamos esforzarnos MUCHO y ganar los cinturones negros antes de fin de mes. Luego montaríamos un equipo para combatir el crimen llamado "Las Defensoras Pedorreicas". Dice que los superhéroes tienen vidas muy románticas, eso cuando los malos no están intentando MATARLOS. Ese pequeño DETALLE me ha desmotivado un poco.

Bastante dramático es tener que tratar con Mackenzie, gracias. No necesito más malos saboteándome la vida.

Y, hablando de sabotaje, Mackenzie pasó contoneándose y se puso a CHUPAR cámara. ¡Madre mía, la PINTA que llevaba!...

Llevaba un karategi rosa pastel con volantes y bordado de pedrería falsa, una banda para la cabeza con su inicial, zapatos de plataforma rosas y un cinturón blanco y brillante de cuero.

Era evidente que la cotilla de su amiga Jessica, que trabaja en secretaría, le había pasado información privilegiada sobre las nuevas clases de kárate. ¡Y no te lo pierdas! Como también se había puesto purpurina rosa en la cara y en las manos, al moverse de un lado a otro brillaba bajo la luz del gimnasio.

"¡KIIA!", ha gritado con todas sus fuerzas.

Del susto que me he pegado con su alarido casi me hago pis encima.

"¿Pero se puede saber qué miráis?", ha dicho Mackenzie. "¿No pensaríais que iba a ponerme ese espantoso traje de kárate? Además de ser tres tallas grande, la entrepierna cuelga por debajo de las rodillas. ¡Eso sí que son pantalones cagados!".

"¡Mackenzie es una DIVA malcriada!", ha susurrado Zoey riendo. "¡Que alguien ponga YIN en su YANG!".

¡"¿Alguien sabe cómo se escribe 'HORROROSO BRILLO ROSA'?!". Chloe se reía hasta por la nariz.

"¡Vale, basta! ¡Venga, calmaos y escuchadme!", ha dicho nuestra profa. "El instituto ha llegado a un acuerdo con una academia de kárate para incorporar las artes marciales a nuestro programa de educación física. Este mes vendrá a enseñaros un instructor externo que es experto en la materia. Mañana es su primer día y espero que todos seréis educados y respetuosos con él y os portaréis bien todo el tiempo. ¿Entendido?".

Toda la clase ha asentido. Excepto Mackenzie, que estaba sentada con los ojos cerrados en una meditación profunda y serena. O echando la siesta. Yo creo que básicamente estaba intentando llamar la atención de las cámaras. ¡Esa chica es tan TEATRERA!

Pero bueno, creo que me lo voy a pasar muy bien en las clases de artes marciales. El cinturón negro me quedará estupendo con mis botas de cuero negras. Porque, digo yo, ¡tan difícil no será! ¡¡☺!!

MIÉRCOLES, 12 DE MARZO

Hoy estábamos acabando de hacer calentamiento en el gimnasio cuando de repente hemos oído un grito extraño que venía del pasillo: "¡¡¡KIYAAAAAAAAAA!!!".

¡Y entonces se ha abierto la puerta de golpe y ha aparecido un tipo viejo y barrigón! Llevaba un karategi plateado de lo más hortera y se ha puesto a hacer ridículos movimientos de ataque a lo Power Rangers.

También llevaba un mostacho descuidado, ¡pero lo peor de todo era el pelo! ¡Era como si se lo hubieran cortado con cortacésped y con los ojos vendados!

¡¿De QUÉ iba ese hombre?! ¡Aquel corte de pelo era tan FEO que debería estar prohibido!

Tras pasar un minuto entero gritando, dando patadas y agitando los brazos en el aire como un chiflado, se ha quedado ronco, sin aliento y totalmente exhausto.

¡El tipo era la encarnación de la palabra RARO! Y el caso es que, no sé por qué, no podía dejar de mirarlo!

Se ha puesto a toser hasta recobrar el aliento y se ha secado el sudor de la frente con un pañuelo plateado.

"¡Uf!", ha exclamado. "Un mom... ¡ah!... Un momento...".

Estábamos todos asustados y alarmados, pero no porque parecía que a nuestro instructor le estuviera dando un infarto allí mismo, sino porque ya veíamos que el mes se nos iba a hacer MUUUUUY largo.

"¡No me falta el aire, no! ¡Quería ver si os lo creíais! ¡Y sois tan INGENUOS como pensaba!", ha dicho. "Me llamo Rodney _Halcón_ Hawkins, maestro de la Escuela de Kárate del Halcón High Kick".

Ha doblado los brazos para enseñar el dibujo de un halcón que llevaba en la espalda de su traje.

"Como alumnos, os podéis dirigir a mí como 'sensei Hawkins', 'Líder Intrépido', 'El Rey del Kárate' o ¡'El Mejor Artista de las Artes Marciales DE TODOS LOS TIEMPOS'!".

¡ARGH! Su ego era casi más grande que el barrigón que le colgaba sobre el cinturón negro.

"¡Esto ya no es un gimnasio, pelagatos, es mi _dojo_ de kárate!", ha gritado. "¡El Halcón no tolera la presencia de enclenques en su _dojo_! ¡Quiero ver puñetazos al aire ahora mismo! ¡Así! ¡Un-dos, un-dos, un-dos!".

¡Nos ha hecho practicar puñetazos al aire hasta que casi se nos caen los brazos!...

CHLOE, ZOEY Y YO PRACTICANDO
NUESTROS PUÑETAZOS AL AIRE

¡A mí lo único que me asustaba era que me sacaran un primer plano de las manchas de sudor en los sobacos! ¡ECS!

"¡Veo que hay quien empieza a desinflarse!", ha gritado el sensei Hawkins cómodamente sentado en su silla plegable. "¡El Halcón no tolera la vagancia! ¡Recuperad el ritmo o ateneos a las consecuencias!". Se lleva la mano al traje y saca una bolsa de ganchitos.

"¡¿En serio se va a poner a comer ganchitos en clase?!", les he preguntado a Chloe y a Zoey.

"¡Qué pasada!", ha dicho Zoey. "¿Cómo es posible que le hayan dado el título de instructor?".

"Será otra prueba de las suyas", ha comentado Chloe.

"¡Lo único que el Halcón está PROBANDO es si los ganchitos están buenos!", he dicho sarcásticamente.

Yo no sé si nos ha oído o qué, pero el caso es que se ha levantado y ha venido hacia nosotras.

"¡EH!". (¡Ñam, ñam, ñam!) "¡A ver estas tres princesitas patéticas! ¡Más dar puñetazos y menos quejarse!", ha gritado, soltando escupitajos naranjas. "¡El Halcón NO está contento!".

NOSOTRAS MURIÉNDONOS DE ASCO
BAJO LOS ESCUPITAJOS DE GANCHITOS
DEL INSTRUCTOR CHIFLADO

Lo único peor que pasar una hora entera repitiendo el mismo puñetazo hasta el infinito es ¡¡tener un instructor de kárate chapucero criticando y engullendo cada vez más comida!!

Después de los ganchitos, snack de carne seca.

Después del snack de carne seca, tres barritas dulces.

Después de las barritas dulces, dos plátanos.

Después de los plátanos, una bolsa de patatas.

Y después de las patatas, una docena de galletas Oreo.

Y después de las galletas...

¡Espera y flipa...!

¡Espera y flipa...!

¡¡UNA HAMBURGUESA DE QUESO DOBLE CON BEICON!!

"¡¿Una hamburguesa?!", he dicho flipando. "¿Es posible que se acabe de sacar una HAMBURGUESA de la chaqueta? ¿Qué lleva ahí dentro? ¡¿Una nevera?!".

¡A saber!" ha refunfuñado Zoey. "Pero esperemos que no lleve también un menú extra completo, porque, mientras siga teniendo comida, ¡no acabará nunca la clase! ¡Podríamos pasarnos aquí el resto del día!".

"Es verdad, chicas, ¡esto ES de locos!", se ha quejado Chloe frotándose el brazo con rampa. "¡Me DUELE un montón! ¡Y lo que daría por una hamburguesa!".

Por suerte, Zoey ha visto cumplido su deseo (no como Chloe). El sensei Hawkins ha dado el último bocado a su hamburguesa y se ha limpiado las manos en la chaqueta.

"¡Bien, parece que se ha acabado la comida... quiero decir... ¡el tiempo!", ha gritado. "¡Antes de irme os ofreceré una muestra de sabiduría karateca. Un sabio dijo: 'De lo único que debemos tener miedo es del propio miedo. Pero de lo único que el propio miedo debe tener miedo es... ¡del Halcón!'. ¡¡¡KIIIIAAAAA!!!".

Ha intentado dar una patada circular, pero la tripa sobrecargada NO le ha dejado levantar mucho la pierna, así que se ha quedado en patadita al aire.

Al terminar la clase, Chloe, Zoey y yo estábamos física y mentalmente TRAUMATIZADAS.

¿O sea que el kárate era ESTO? ¿En serio? ¡Pues ya no quiero saber NADA de las artes marciales!

Creo que tendría más posibilidades de defensa con algunos de los saltos de ballet que aprendí el año pasado. ¡Es una idea...! ¡¡☹!!

Pasando a algo más alegre, ¡hoy en el almuerzo me han rodeado casi todos los alumnos del insti!

Ayer en hora de máxima audiencia emitieron el primer episodio de mi reality Nikki Maxwell o cómo se hace una princesa del pop ¡y a todo el mundo le ENCANTÓ!

¡Madre mía! ¡Ahora no podía ni comerme el perrito caliente!

¿Te imaginas si al final tengo que contratar seguridad como una auténtica estrella de Hollywood? ¿Para que me protejan de mis APASIONADOS fans del insti y yo pueda ir cada día a clase? ¡¡Pobre de MÍ!!

Cambiando de tema, me han reprogramado la sesión de grabación para que pudiera ver el programa con mi familia. Mamá hasta ha hecho un cubo de palomitas, como si fuéramos a ver un gran éxito de taquilla.

¡Madre mía! ¡Ha sido tan guay verme a mí y mis BFF en la tele! Hacíamos reír bastante, yo al menos viéndolo ahora no podía parar. Las tres nos hemos estado cruzando mensajes durante toda la emisión.

Mis padres han dicho que estaban orgullosos de mí, y Brianna y la señorita Penélope me han pedido un autógrafo.

¡Ya estoy impaciente por ver el segundo episodio! Lo que me fastidia es que tendré que grabarlo, porque a la hora de la emisión todavía estaremos en el estudio.

Me alegro de que MI reality no tenga dramas, lágrimas, gritos, puñaladas traperas y peleas como todos los demás. ¡¡Me siento SUPERafortunada!!

¡¡☺!!

NIKKI MAXWELL:
O CÓMO SE HACE UNA PRINCESA DEL POP.
EPISODIO 2

JUEVES, 13 DE MARZO

Llevo días MURIÉNDOME de ganas de saber qué me quería decir Brandon. Ha pasado casi una semana y no ha dicho nada más... ¡hasta HOY!

En bío me ha propuesto que quedáramos mañana para hablar después del cole, en Fuzzy Friends. Aunque tengo muchas cosas que hacer, le he dicho que sí. Me ha sonreído y se ha puesto colorado. Y yo, claro, yo le he sonreído y me he puesto colorada. ¡Qué DULCEE!

¡Justo como en el Baile de San Valentín! ¡Ah! ¿Qué aún no te he contado si pasó algo especial aquella noche en el baile?

¡Oh, SÍ! ¡Fue TAN romántico! ¡Casi PERFECTO! Como en una peli de Disney, cuando el bello príncipe está a punto de besar a la bella princesa. ¡¡¡YAJUUU!!! ¡¡☺!!

Estábamos embobados mirándonos a los ojos y era como si un imán gigante nos fuera acercando. Más cerca, más cerca, más cerca. Hasta que...

¡Mackenzie apareció de la nada por arte de magia!

Bueno, tampoco fue exactamente ASÍ.

Justo antes de que nos interrumpieran de forma tan desagradable, había llegado a mi nariz ¡¡el olor más FÉTIDO y apestoso del mundo!!

¡Y NO era el aliento de Brandon!

Era el aroma de un zumo concentrado puro 100% contenedor.

"¡¡PARAD!! ¿DÓNDE ESTÁ MI REGALO?", gritó una Mackenzie furiosa.

¡Llevaba la cara sucia, el pelo lleno de grasa y el vestido empapado de un líquido verde oscuro!

"He estado una hora entera buscando en ese contenedor. ¡Y allí NO está mi collar! ¡¡¿POR QUÉ me has MENTIDO?!! ¡¿Tengo cara de TONTA?!".

"Bueno...", dije, sin poder apartar la vista del papel de

váter sucio que llevaba en el cuello como una boa de plumas y de la piel de plátano que le resbalaba por la frente. "Er... ¿seguro que quieres que te conteste?".

"¡Cállate, Maxwell! ¡MIRA lo que me has hecho", me gritó. "ESTO es un vestido de diseñador idéntico al que hicieron para Taylor Swift. ¡Y ahora está para TIRAR!".

¡Fíjate qué pena! ¡Por-fa-vor! ¿Alguien sabe cómo se escribe "#problemasniñarica"?

Mackenzie acabó de reventar.

"¡Te ODIO, Nikki Maxwell! ¡Estoy tan enfadada que... que podría... ¡¡¡AAARRRGGGHHH!!!", chilló mientras preparaba los puños.

Se me encaró: "¡Habrás ganado esta batalla, pero esta guerra NO ha acabado!".

Entonces intentó irse contoneándose sobre el tacón roto de su zapato de plataforma, pero acabó cojeando en plan: ¡clic!, ¡ZOP!, ¡clic!, ¡ZOP!, ¡clic!, ¡ZOP!

Menos mal que se llevó aquella espantosa peste con ella.

¡Habíamos estado TAN cerca de nuestro primer beso!

¡Si Mackenzie no nos hubiera interrumpido de esa forma...! ¡¡☹!!

Por desgracia, el romanticismo ya se había evaporado, a diferencia de la peste a contenedor, que se quedó allí.

Después del baile, Brandon me acompañó hasta el coche. Me dijo que se lo había pasado muy bien. Y luego me dijo adiós.

Pero algún día nuestro primer beso se hará REALIDAD. ¡Lo sé!

¡¡¡YAJUUU!!!

¡¡☺!!

Hoy el equipo de filmación me ha grabado practicando en el estudio mis clases de voz. Al principio me ponía nerviosa cantar ante la cámara, pero al cabo de un rato casi ni me acordaba de que estaban ahí.

Empiezo a sentirme cansada, y la semana que viene será aún MÁS estresante.

Tendré clases de voz todos los días, y filmación tres o cuatro días a la semana. Y las sesiones de grabación empiezan el lunes de siete a ocho y media de la noche, de lunes a viernes.

Y, por si esto fuera poco, Trevor Chase nos ha pedido a Chloe, Zoey y a mí que el lunes y el miércoles después del cole organicemos una audición de segundas voces para la grabación en el estudio.

La semana que viene también tendremos una teleconferencia con él para decidir si incorporamos algún coreógrafo a nuestro equipo, ya que seremos los teloneros de los Bad Boyz.

Pero lo más difícil hasta ahora ha sido intentar llevar al día mis estudios y tener siempre los deberes hechos.

He decidido acostarme una hora más tarde cada día y levantarme una hora antes por la mañana para que me dé tiempo de acabar los deberes. ¡Ostras! Acabo de acordarme de que tengo un examen de mates la semana que viene y aún no he empezado a prepararlo.

Entonces supongo que tendré que irme a dormir DOS horas más tarde y levantarme DOS horas antes.

Encima de toda esta locura, ¡he olvidado por completo que hoy al acabar el cole había quedado con Brandon en Fuzzy Friends!

Por suerte, el estudio de grabación está muy cerca de Fuzzy Friends. He ido hacia allí corriendo como si estuviera haciendo como mínimo una maratón.

Cuando me estaba acercando al edificio, Brandon ya había empezado a cerrar el local...

¡YO, CORRIENDO PARA VER A BRANDON
EN FUZZY FRIENDS DESPUÉS
DE HABER OLVIDADO POR COMPLETO LA CITA!

Brandon ha puesto cara de alivio y me ha abierto la puerta.

"Siento llegar tan tarde. ¿Ya te vas?", he dicho completamente sin aliento.

"Estaba a punto de irme. Llevo aquí dos horas", ha dicho mirando el reloj.

¡UPS! ¡☹! Me he disculpado mucho y le he explicado que en el último minuto me han cambiado la hora de la clase de voz para que el equipo de filmación pudiera grabar nuestra sesión, y no me he dado cuenta de que se superponían las citas hasta después.

Brandon me ha dicho que de lo que me quería hablar era de un proyecto SUPERimportante en el que estaba trabajando. Quería que le ayudara con un trabajo para participar en un concurso de becas patrocinado por el periódico local *Westchester Herald*. Dice que necesita el dinero de la beca para poder pagar el instituto. ¡Hay que ver cómo me suena ese problema! ¡¡☹!!

Tiene que presentar antes del sábado 29 de marzo seis fotos y un ensayo sobre algún alumno local destacado. La misma fecha, por cierto, que nuestra fiesta de presentación en el complejo de esquí Swanky Hill.

¡Me ha emocionado que Brandon me eligiera a MÍ para su trabajo!

Por eso me quiere entrevistar sobre mi vida y mis objetivos futuros, y me tomará fotos trabajando en mis proyectos de música y televisión.

¡Lógicamente he dicho que SÍ! Aunque mi horario ya era suficientemente loco y se pondrá aún peor.

Quedaremos el lunes después de clase en la biblioteca.

Para que supiera hasta qué punto le quiero ayudar en su proyecto, le he mirado a sus bonitos ojos marrones y le he PROMETIDO que no le fallaría. Y que podía confiar por completo en mí porque NUNCA MÁS volvería a olvidarme ni a llegar tarde.

Después de todo, ¡seguro que ÉL haría lo mismo por MÍ!

Bueno, pues, a pesar de llegar tarde, Brandon y yo nos lo hemos pasado bomba en el refugio de animales. Me ha presentado a dos cachorros juguetones que acababan de llegar...

¿ES UN CASO GRAVE DE AMOR CACHORRIL? ¡¡¿☺?!!

Lo único malo es que me costaba mucho ver quién era más mono y más dulce...

Los cachorros ADORABLES...

¡¡... o BRANDON!!

¡YAJUUUUU!

¡☺!

RECORDATORIO:

¡IMPORTANTE! El lunes 17 de marzo he quedado con Brandon a las tres de la tarde en la biblioteca para ayudarle con su trabajo para el concurso de becas. ¡¡Esto sí que no lo puedo FASTIDIAR!!

¡Hoy es el cumpleaños de mi madre! ¡¡☺!! ¡¡Feliz cumpleaños, mami!! ¡TE QUIERO!

Me ha sorprendido la llamada de la directora de mi programa, que pedía permiso para filmar en casa y captar este momento tan especial en la familia Maxwell. Yo quería decirle: "Lo siento, pero mi familia está como una CABRA! ¡MUY mala idea! ¡Ni hablar!".

Pero a mi madre la idea le ha emocionado que te mueres. Ha empezado a explicar cómo había soñado siempre con tener un programa de cocina sana para mamás atareadas. Y esto era lo más cerca de su sueño que podría estar NUNCA.

Yo en principio iba del palo "¡¿Y QUÉ MÁS?! ¡¡☺!!". Pero mamá se ha puesto muy sensiblera y al final he cedido. Ha habido otras cosas que me han convencido:

1. Brianna estaba en una fiesta pijama y no volvería a casa hasta la tarde. Es decir: ¡no habría HERMANITA mimada y embarazosa! ¡Yujuuu!

2. Papá tenía encargos de fumigación hasta el mediodía. Es decir: no habría PAPÁ embarazoso. ¡Yujuuu!

3. Papá se había llevado el cacharro de furgoneta. Es decir: no habría CUCARACHA de plástico embarazosa de metro y medio. ¡Yujuuu!

De hecho, ¡era la mañana IDEAL para que el equipo de filmación viniera a casa a grabar, al no estar ni Brianna, ni papá ni la Cucaracha Max! Mi regalo de cumpleaños a mi madre ha sido llevarle el desayuno a la cama. Primero se lo he preparado y luego se lo he subido en una bandeja al dormitorio, he gritado "¡Sorpresa!" y le he cantado Cumpleaños feliz.

"¡Te quiero, mamá!", le he dicho nada más entrar. "Mira qué te traigo para desayunar en la cama: ¡tortitas con fresas y nata, un par de huevos revueltos con beicon y salchicha, leche y zumo de naranja! ¡Como a ti te gusta!".

"¡Nikki, cariño! ¡No deberías!", ha exclamado con los ojos un poco húmedos de emoción.

¡YO, SORPRENDIENDO A MAMÁ CON UN DESAYUNO EN LA CAMA!

Desde luego, NO se imaginaba lo que me había costado hacer ese desayuno. He tardado una hora en aprender a dar la vuelta a las tortas. Y otra hora en despegar siete tortitas de los hornillos, el suelo y el techo...

¡YO, INTENTANDO SIN ÉXITO GIRAR LAS
TORTITAS DE CUMPLEAÑOS DE MAMÁ!

Si sumamos lo que me he gastado en la masa y demás ingredientes de esas tortitas para tirar, y las dos latas de pintura para repintar el techo y las paredes, me habría salido más barato comprarle un pañuelo de marca de alguna tienda cara del centro comercial.

En fin, ¡de todo se aprende!

Pero lo más importante es que he contribuido a que mi madre pasara un cumpleaños feliz.

Y la grabación con el equipo de filmación en casa también ha ido bastante bien.

¡Yujuuu!

¡¡☺!!

NIKKI MAXWELL:
O CÓMO SE HACE UNA PRINCESA DEL POP.
EPISODIO 3

He pasado casi todo el domingo intentando ponerme al día con los deberes del insti. Por mucho que trabaje, es como si cada vez me quedara más por recuperar.

Y ahora mismo ¡estoy TAAAAAN cansada! No puedo ni AGUANTAR los ojos abiertos mientras escribo esto...

YO, EXHAUSTA, INTENTANDO MANTENER LOS OJOS ABIERTOS

No sé si podré resistir este horario de locos mucho tiempo más.

¡Y empieza a ESTRESARME mucho! ¡¡¡☹!!!

¡Estoy TAAAN cansada! Lo ÚNICO que quiero hacer
es ir a

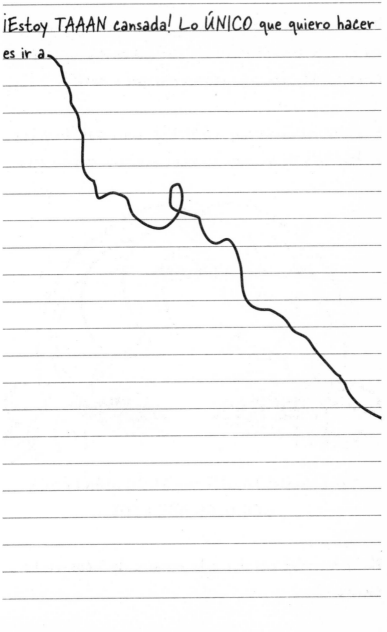

Hoy Chloe, Zoey y yo estábamos SUPERemocionadas con lo de hacer la audición de segundas voces después de clase y luego ir al estudio de grabación.

Nos sentíamos como aquellos famosos que hacían de jueces en los concursos de talentos. Pero los de verdad, los de ANTES de que los programas tuvieran que recurrir a famosos de pacotilla.

Sin embargo, el director Winston no parecía compartir nuestro entusiasmo.

Le he preguntado si podíamos celebrar la audición en el moderno y recién estrenado auditorio del insti y ha contestado que era solo para acontecimientos "especiales".

Si hay algún sitio horrible en el edificio, es la asquerosa clase de sexto, que huele a meados de jerbo.

Pues... por desgracia, ¡ALLÍ es precisamente donde nos ha mandado! ¡¡☹!!

YO, INTENTANDO NO OLER
A LOS APESTOSOS JERBOS

Yo no sé si los chicos de la audición tenían mucha fuerza de voluntad o un sentido del olfato muy malo.

En cambio, ¡Chloe, Zoey y yo hemos aprendido a respirar solo por la boca el tiempo que haga falta!

"¡A ver, Tyrone, cuéntanos por qué has venido!", le he preguntado al chico que teníamos delante.

"Quiero ser cantante de acompañamiento. ¡Tengo una voz TREMENDA! Soy mejor que cualquier solista de una de esas bandas de tíos tan famosas!", ha presumido.

"¡Genial, estamos impacientes por oírte!", he dicho. "Y ¿qué nos vas a cantar?".

"¿Quieres decir... te refieres a... ahora mismo?", ha dicho con aire confundido.

"Sí. Has traído alguna canción preparada para la audición, ¿no?", ha preguntado Zoey.

"¡Claro que no!", ha contestado. "Yo solo canto en la ducha. Por eso suena fresco, no sé si lo pilláis".

"No, no mucho", ha dicho Zoey con cara de paciencia. "Ahora estamos grabando en el estudio, y en verano puede que demos algún concierto. Sería más bien difícil llevar de un sitio a otro... ¡una DUCHA para que puedas cantar, Tyrone!".

TYRONE, ACOMPAÑÁNDONOS EN
EL ESCENARIO DESDE SU DUCHA

"¡Yo solo canto en la ducha de MI baño, ¿vale? ¡Y ya está! Todo eso que me estáis diciendo ¡es muy RARO!".

Y, ante nuestra mirada alucinada, se ha dirigido a la puerta.

"¡Tío! ¡Si esto no va en serio, me largo!".

"¡Qué manera de perder el tiempo!", he suspirado frustrada. "¿A cuántos hemos visto hasta ahora?".

"Espera que lo miro", ha dicho Zoey. "Si contamos todas las fichas donde has puesto en rojo '¿Pero esto qué es? ¡¡☹!!', y que luego has arrugado y tirado a la papelera, creo que se han presentado veintinueve".

Luego ha mirado hacia la bandeja de seleccionados.

"Y, si contamos el número de seleccionados, yo diría que ¡TODOS te han parecido horrorosos y espantosos!".

SELECCIONADOS

PRESENTADOS

SELECCIONADOS

ZOEY, CALCULANDO EL NÚMERO DE
PRESENTADOS Y DE SELECCIONADOS

"¡Argh!", he gritado dejando caer la cabeza sobre la
mesa. "¡Vamos fatal! ¡Ahora entiendo por qué son como
son algunos jueces de los concursos de la tele!".

Pues es verdad: ¡qué dura es la vida de la farándula!

A cambio, Chloe, Zoey y yo hemos tenido nuestra primera sesión de grabación esta tarde a las siete. Y ha ido de maravilla...

Además de sonar muy bien juntas, nos lo hemos pasado bomba. Y todo sin necesidad de tener una ducha en el estudio. ¡Se siente, Tyrone! ¡¡☺!!

Hoy el día ha empezado, no con mal pie, sino ¡con PÉSIMO pie! ¡☹! Al despertarme he recordado algo como si me cayera encima un piano de cola.

¡¡OH, NO!! ¡¡Ayer OLVIDÉ por completo que había quedado con Brandon en la biblioteca al salir de clase!! ¡¡Soy la peor amiga del MUNDO!! ¡¡☹!!

Le he enviado una disculpa por el móvil, pero igualmente ¡me sentía FATAL! Tan mal que en todo el día no he podido centrarme en nada de lo que hacía.

En clase de mates, he hecho el RIDÍCULO durante el examen.

¡De verdad que tengo que dormir más! Creo que ya sufro las consecuencias de eso que llaman "privación de sueño".

Anoche me quedé hasta muy TARDE preparando problemas de mates. Esta mañana me he levantado muy PRONTO para hacer unos cuantos más.

Al menos tanto estudiar ha tenido su recompensa, porque al final entendía perfectamente cómo se resolvían todas esas ecuaciones y no me ha costado nada hacer el examen.

Sin embargo, toda la frustración por lo de Brandon combinada con la falta de sueño al final me ha pasado factura.

Estaba tan AGOTADA que apenas podía mantener los ojos abiertos.

La pregunta del examen era:

Simplifica la siguiente expresión algebraica:
$-2x + 5 + 10x - 9$

¡He petado en mitad del examen!

Y supongo que me ha caído la baba mientras dormía, porque se me ha quedado la respuesta tatuada por toda la cara.

He tenido que ir al cuarto de baño a lavarme con agua y jabón. Pero, mira, ¡¡al menos era la respuesta CORRECTA!! ¡Y me han puesto un sobresaliente!

¡Menos mal que el equipo de filmación no estaba hoy allí! Hubiera quedado como una TONTA DEL BOTE!

¡AY! Cuando he encontrado a Brandon en el pasillo antes de clase de bío, ¡me he sentido de PENA! Me he disculpado MIL VECES por haber olvidado ayer que habíamos quedado en la biblioteca para trabajar en su proyecto para el concurso de becas.

¡Y no te lo pierdas! Mackenzie rondaba por allí ESPIÁNDONOS. Pero ¡¡¿de qué va?!! ¡De verdad que esta chica tiene que hacer algo con su vida y meterse en SUS asuntos! ¡No entiendo POR QUÉ está tan ENFERMA de celos de mi amistad con Brandon!

YO, DISCULPÁNDOME CON BRANDON
(Y MACKENZIE ESCUCHANDO
NUESTRA CONVERSACIÓN)

Total, que le he explicado a Brandon que Trevor Chase nos pidió a Chloe, Zoey y a mí que organizáramos una audición de segundas voces justo a la MISMA hora a la que había quedado con él y que yo no me di cuenta hasta DESPUÉS.

Brandon se lo ha tomado muy bien y me ha dicho que ya ha empezado a trabajar en la parte que va sobre mí, escribiendo el ensayo.

Me ha propuesto volver a quedar este jueves 20 de marzo. ¡¡Y por supuesto le he dicho que SÍ!!

En fin, estoy muy contenta de que no esté enfadado conmigo por dejarle plantado de esa forma.

Brandon es... ¡el tío más ENROLLADO del mundo!

¡¡☺!!

Por desgracia, la audición de hoy no ha ido mejor que la del lunes.

Aunque buscábamos cantantes, hemos tenido que ver a un cómico, un músico que toca la tuba, dos bailarines de claqué y un perro que habla. ¡Sin COMENTARIOS!

De pronto ha sonado el teléfono. Cuando lo he cogido y he visto quién llamaba me ha dado el canguelo.

"¡Oh, no! ¡Es Trevor Chase!", he gemido. "¡Seguro que quiere saber cuántos cantantes hemos seleccionado de entre la gente que ha venido a la audición!".

He cogido aire y he pulsado el botón de responder.

"¡Hola, señor Chase! ¡Qué sorpresa tan agradable su llamada!", he dicho simulando un tono alegre.

"¿Puedes hablar un momento?", me ha dicho. "Seré breve, porque sé que estás ocupada".

El aula estaba vacía como una ciudad fantasma, solo faltaba la bola de matorral rodando. "Claro", le he dicho, "un minuto sí que tengo".

"Bien, porque tengo buenas noticias", ha dicho Trevor. "¡Os he encontrado la coreógrafa perfecta! ¡¡Es joven, tiene talento, va a la moda y me ha garantizado que puede poneros en forma y a bailar como profesionales en cuatro días!!".

"¡Genial!", ha gritado Chloe.

"Parece que es alguien que sabe de qué habla", ha exclamado Zoey. "¡Por mí adelante con contratarla!".

"Por mí también", he dicho. "¡Ya tenemos ganas de conocerla!".

"¡Perfecto! Porque le hace mucha ilusión trabajar con vosotros", ha dicho Trevor.

"¡Madre mía! ¿Qué es ese olor tan horrible?", ha chillado Mackenzie al entrar en el aula. "¡¿Os han mandado a la clase de meados de jerbo?! ¡Qué asco!".

Y ha empezado a pulverizar con su carísimo perfume de marca.

MACKENZIE, ESPARCIENDO PERFUME DE MARCA SOBRE LA JAULA DE LOS JERBOS

¡Ahora la peste ya había se ha vuelto INSOPORTABLE!

Gracias a Mackenzie, ahora olía a meado de jerbo mezclado con rosas recién cogidas. Y un toque de frutos del bosque.

La he fulminado con la mirada.

"¡CHISSSS!". Chloe agitaba la mano a Mackenzie como si estuviera ahuyentando moscas.

"¿Qué haces aquí, Mackenzie?", le he soltado mientras tapaba el micrófono del teléfono.

"He venido a ver esto de la audición", ha contestado. "¡Qué raro! ¡No hay nadie haciendo cola! ¿Llego demasiado pronto o es que a nadie le interesa unirse a vuestra banda aficionada y sin oído musical?".

¡Estoy convencida de que Mackenzie tiene un sensor de seguimiento en el cerebro para localizarme cuando estoy mal y hacerme sentir diez veces peor!

"Si Trevor hubiera elegido a MI grupo para el contrato de grabación, la cola de la audición tendría más de un kilómetro", se ha burlado.

"Pero NO ha elegido tu banda, ¿verdad?", ha contestado Zoey. "¡Así que llora un poco, sécate los mocos y supéralo!".

"Mira, Mackenzie, la verdad es que estamos muy ocupadas", le he dicho. "El señor Chase nos ha encontrado una coreógrafa que probablemente trabaja con todas las grandes estrellas del pop. Todo nos va estupendamente, gracias. Así que esfúmate un poquito y haz algo más constructivo, ¡como atragantarte con una patata frita en la cafetería!".

Entonces ha sonado el móvil de Mackenzie. ¡Menos mal! ¡Hala, que se fuera a decir tonterías a algún otro desgraciado! ¡Madre mía! ¡Había olvidado por completo que aún tenía a Trevor Chase esperando al otro lado de la línea!

"¡Siento mucho la interrupción, señor Trevor!", me he disculpado. "¿Qué estaba diciéndome?".

"Hablábamos de la coreógrafa. Me gustaría celebrar una teleconferencia a tres bandas ahora mismo. ¡Tiene muchas ideas para vosotras! ¡Espera un momento que la tengo por otra línea!". Han pasado un par de segundos y he oído varios clics.

"¡Hola, señor Chase!", ha dicho alegre la coreógrafa.

"¡Hola, ¿qué tal?", ha contestado. "Tengo a Nikki Maxwell en la otra línea. ¿Nikki, estás ahí? ¿Nos oyes bien?".

"Sí... pero oigo un eco extraño", le he respondido.

"¿De verdad? ¡Qué raro!", ha dicho la coreógrafa.

"¡Otra vez ese eco tan raro!", he dicho extrañada. "Quizá mi teléfono no tiene buena cobertura...".

Pero entonces me he dado cuenta de que Chloe y Zoey tenían cara de haber visto un fantasma. Me han dado un codazo señalando hacia mi derecha.

"¿Qué pasa, chicas?", he preguntado confundida.

Y entonces sí que he VISTO algo MALO de verdad... ¡A MACKENZIE! ¡¡☺!!

Nos ha dedicado una enorme sonrisa falsa y ha dicho con tono muy dulce...

¡SÍ, SEÑOR CHASE! ¡ME ENCANTARÁ TRABAJAR CON ELLAS!

NOSOTRAS, EN ESTADO DE SHOCK ANTE NUESTRA NUEVA COREÓGRAFA

En ese momento me ha dado una arcada.

"Entonces, todos de acuerdo: ¡Mackenzie Hollister es vuestra nueva coreógrafa!", ha anunciado Trevor tan contento. "¡¡Una coreógrafa adolescente para una banda adolescente!! ¡Me ENCANTA!".

Yo he preferido callarme para no estallar en una pataleta.

"Fíjate, Trevor, que somos compañeras de clase y vecinas de taquilla", ha dicho Mackenzie riendo. "¡Increíble coincidencia! ¡Nos lo vamos a pasar SÚPER!".

Pero Chloe, Zoey y yo veíamos sus ojos malvados y esa sonrisa condescendiente suya.

¡Con Mackenzie en nuestro equipo, este proyecto está totalmente encaminado al desastre!

Pero lo peor de todo no era eso.

Mackenzie ha anunciado que, como coreógrafa oficial contratada por Trevor Chase, nos pondrá deberes para casa para que cojamos fuerza y seamos mejores bailarinas.

MI primer deber era mirar una serie de vídeos que ha hecho y ha colgado en YouTube, titulados *Principios básicos del baile*.

Me ha dicho que mañana practicaríamos algunos de esos pasos de baile después de mi clase particular de voz.

Entonces no he podido aguantar más y he gritado: "¡Mackenzie, ¿estás LOCA o qué? ¡Ya tengo la agenda a tope! Si añado alguna ocupación más, ¡acabaré teniendo que dejar los estudios!".

Pero solo lo he dicho en el interior de mi cabeza, y nadie más lo ha oído.

¡GENIAL! ¡Ahora ya puedo añadir lo de mirar vídeos de baile de Mackenzie a mi lista de "Tonterías que tengo que hacer esta noche"!

¿Todas las aspirantes a estrellas del pop tienen que trabajar con una SOCIÓPATA calculadora y maníaca?

¡¡☹!!

¡Lo de hoy ha sido un DESASTRE total! ¡¡☹!!

Gracias a Mackenzie, estuve levantada hasta las 2 de la madrugada mirando sus ESTÚPIDOS vídeos de baile.

En uno de ellos, iba disfrazada de abejorro y se ponía a bailar por el escenario durante media hora haciendo ver que polinizaba unas flores de plástico.

Su padre debió de contratar a alguien para rodar los vídeos, ¡porque no es posible que nadie se sentara de público a mirar aquella BASURA! ¡Digo yo!

He estado tan cansada todo el día que en clase apenas podía abrir los ojos. Este horario que sigo últimamente es más que agotador.

Cuando ha sonado el último timbre, he salido corriendo hacia la biblioteca para esperar a Brandon. Hasta he llegado unos minutos antes. Pero se ve que, sin darme cuenta, me he quedado dormida en un cubículo de estudio. Bueno, eso me ha contado la bibliotecaria...

BRANDON Y YO, ESPERÁNDONOS
PACIENTEMENTE EN LA BIBLIOTECA,
DONDE IBA A AYUDARLE CON SU PROYECTO

BRANDON, YÉNDOSE DE LA BIBLIOTECA,
TRAS ESPERARME UNA HORA ENTERA
(MIENTRAS YO DORMÍA AL LADO MISMO)

Eso es lo que la bibliotecaria me ha contado cuando me ha despertado para decirme que tenía que irme porque la biblioteca iba a cerrar al cabo de cinco minutos.

¡Es increíble que haya VUELTO a fallar a Brandon! ¡¡☹!! ¡Su proyecto para el concurso es SUPERimportante! ¡Me merezco DEL TODO que me ELIMINE de Facebook!

¿He dicho que también me perdí la clase de voz por dormirme? ¡Y mi primera práctica de baile con Mackenzie! Pero, lo que es peor, mi sesión de grabación empieza dentro de MENOS de treinta minutos.

Lo que significa que he estado durmiendo en ese estúpido cubículo de estudio ¡¡cuatro horas!!

¡¡¡AAAAAAHHHHHHHH!!!

(Esa soy yo, gritando de frustración.)

¡¡☹!!

¡No puedo, NO PUEDO soportar mi clase de artes marciales! ¡¡☹!! No se me da nada bien. ¡Y mi instructor de kárate está como una cabra! Siempre anda presumiendo de ser "el mejor" de esto y "el más fuerte" de lo otro. Pero los únicos golpes que sabe dar son los de sus mandíbulas para masticar.

Hoy el *sensei* Hawkins nos ha hecho formar en posición militar y ha empezado a pasearse de un lado a otro, mirando a algunos al azar. "Así que... los pequeños pelagatos han vuelto a por más sabiduría infinita del Halcón", ha dicho con tono de burla. "Sabia decisión. ¡El mundo que hay ahí fuera es cruel y despiadado. Ir de Rocky por la vida os puede servir un poco, ¡¡pero 'la garra del Halcón' es la que puede con todo!! Es una garra afilada y poderosa, y sin pellejos ¡porque ha recibido la manicura de la RECTITUD! ¡¡¡AllEEYAAA!!!".

Hawkins ha gritado, ha dado una patada lateral y ha intentado rematarla con un spagat. Pero se ha quedado a medio camino, porque se ha parado de golpe. Se le veía que apretaba mucho los labios para NO gritar de DOLOR...

¡¿EL HALCÓN HACIENDO EL SPAGAT?!

"Alumnos", ha proclamado, "lo que os estoy enseñando AHORA mismo es mi postura exclusiva de las Alas del Halcón. ¡Con este movimiento combatí y vencí a una

banda de once atracadores de banco, armado tan
solo con mi pase de autobús, una botella de zumo
laxante y una bolsa de Doritos vacía!".

Chloe, Zoey y yo nos hemos mirado con cara de asco.

"A lo mejor algún día el Halcón os enseñará esta
postura mortal. ¡Pero antes tendréis que merecerlo!".

Al abandonar la "postura", su espalda ha hecho ¡CRAC!
Ha disimulado la mueca de dolor con una carcajada.

"¡Ya os podéis ir preparando, pelagatos! Es hora
de demostrar lo que aprendisteis en la última clase.
¿Algún voluntario?".

Yo me he puesto a mirar para otro lado, a ver si,
estando muy quieta, me confundía con la pelota de
básquet desinflada que tenía detrás. Entonces he oído
como el sensei Hawkins olfateaba y se me acercaba.

"¡La afilada nariz del Halcón está detectando el
olor de la COBARDÍA! Justo por... ¡AQUÍ!", ha
gritado, señalándome ¡A MÍ!

"¡Muy bien, cobardica esmirriada, no deshonres este dojo y lanza un buen puñetazo!", me ha gritado a la cara.

¡¡EL HALCÓN, GRITÁNDOME
PARA QUE DÉ UN PUÑETAZO!!

De verdad que, si no se apartaba un poco, no sabía qué iba a pasar con mi alergia a los feos IDIOTAS.

Lo que él olía era probablemente el sándwich de atún y paté de hígado que yo le olía a él en SU aliento.

De pronto se ha sacado una magdalena rosa de la chaqueta, se la ha metido entera en la boca y se ha puesto a masticar con rabia. ¡Esos chasquidos de boca despiadados me estaban haciendo sudar la gota gorda!

¡Luego ha soltado el eructo más terrible y espantoso jamás oído! Aunque olía a fresas, ¡¡era un eructo con todas las de la ley pensado para asustar!!

"¡Empieza a golpear!", ha ordenado.

Yo estaba tan nerviosa que se me ha olvidado CÓMO se pegaba. Lo he mirado con cara de tonta mientras intentaba no devolver el desayuno.

"¡¿Acaso el Halcón te ha dado permiso para que lo MIRES así?! ¡NO! ¡Pero sí para un puñetazo!", ha rugido.

Se le había puesto la cara colorada. Parecía que iba a convertirse en el increíble Hulk, como mínimo. Y supongo que la rabia le daba más apetito.

Porque, en un visto y no visto (o comido y no comido), el tipo tenía en la mano un batido de chocolate con nata rematado con una cereza. ¡¿Dónde lleva todo eso?!

¡Debe de ser una especie de MAGO DE LA COMIDA!

Al FINAL me he acordado de cómo se daba un puñetazo y he hecho un pobre intento de gancho.

"¡NO!", ha gritado con chocolate cayéndole por las comisuras. "¡¿A eso le llamas 'poderoso'?! ¡Ruge cuando pegues, pelagatos! Así, ¡KIIIYAAAAA!".

"Oh, bueno. Er... ¡kiya!". He lanzado un golpecito y he sonreído nerviosa.

"¡NO, NO, NO!", ha gritado golpeando el suelo con el pie. "PERO ¡¿QUÉ TE PASA?! ¡OTRA VEZ!".

Los demás ponían tanta cara de susto como yo.

Chloe se ha tapado los ojos. "¡Esto es demasiado para mí! ¡No puedo mirar!", ha gemido.

Zoey se ha mordido las uñas. "¡Sé fuerte! ¡Tú puedes!", me decía con los labios.

Mackenzie, con esa sonrisa condescendiente suya, disfrutaba de mi humillación pública minuto a minuto.

He cerrado los ojos, he preparado el puño y me he autoayudado un poco: "¡Ánimo, Maxwell! ¡Lanza un buen puñetazo o el tipo este te va a SUSPENDER! Piensa en la garra del Halcón... la garra del Halcón...".

"¡Oh, fijaos! ¡La cobardica esmirriada está cansada!", me ha provocado. "Pues te advierto que echar la siesta delante del Halcón tiene consecuencias, pelag...".

"¡KIIIYAAAAA!", he gritado, y he lanzado el puño con todas mis fuerzas.

/////////ZAS!///////

Toda la clase se ha quedado muda. Cuando he abierto los ojos para ver qué pasaba, he visto al sensei Hawkins tumbado en el suelo, ¡¡cubierto con su batido de chocolate!!

"¡AAAAAAAY!", ha gemido, frotándose la mejilla.

"¡Oh, no! ¡SENSEI!", he gritado. "¡Lo siento MUCHO! ¡Te golpeado con los ojos cerrados y no le he visto!".

¡Me sentía fatal! Claro que quería que se callara, ¡pero no así! He intentado ayudarlo, pero ha insistido en levantarse solo.

"No... pasa nada", ha dicho con voz débil. "¡No me has hecho ningún daño! ¡Ja, ja! ¡AAY!". Se ha agarrado la mandíbula. ¡Pobre! Creo que sin querer le he magullado la cara. ¡Y el orgullo! Lo peor es que le he tirado al suelo el batido de chocolate con tan buena pinta que se estaba bebiendo. Me sentía moralmente obligada a comprarle otro.

Aunque confieso que ¡había sido un puñetazo bastante BUENO! ¡Fuerte y poderoso! ¡Como el Halcón! ¡Para nada! ¡Pero espero que ahora dará a esta "pelagatos esmirriada" un aprobado!

¡¡☺!!

"¡Buenos días, cariño!", me ha dicho alegremente mi madre cuando he entrado arrastrándome en la cocina.

Eran las siete de la mañana y llevaba un delantal con volantes y estampado de magdalenas, y un gorro de cocinero a juego. Y bisutería y maquillaje. En resumen, nada que ver con la pinta dormida y despeinada que suele llevar cada día enfundada de su viejo albornoz.

"Buenos días", he murmurado mirando el reloj. El equipo de filmación tenía que llegar al cabo de una hora.

"Como hoy filman, te he preparado un surtido de mis deliciosas magdalenas orgánicas de receta secreta", ha dicho tendiéndome una bandeja de plata con magdalenas y luciendo una sonrisa dental total. "¡Son el alimento energético perfecto para las mamás SUPERocupadas y sus hijos, y SOLO tienen trescientas calorías! Y un tiempo de preparación de veintiocho minutos".

"Mamá, ¿te encuentras bien?", he dicho, entornando los ojos. Actuaba un poco raro.

"MI magdalena favorita es la de hummus con topping de uva espina orgánica", ha dicho con voz de cocinera de la tele. "¡Cuando la pruebes te caerás sentada! Ten, Nikki, coge una".

YO, CON MIEDO A PROBAR UNA DE LAS MAGDALENAS ORGÁNICAS RARAS Y REPUGNANTES DE MAMÁ

Me he quedado mirando la magdalena. ¿Hummus? ¿Y qué es exactamente una uva espina? En fin, es igual.

"Er... bueeeno", he dicho. Y he mordido un buen trozo.

¡ECS! ¡PUAJ! ¡Estaba ASQUEROSA!

Desde luego, no era para caerse sentada, ¡era para caerse de culo al suelo, retorciéndose de los dolores de barriga provocados por ese sabor delipugnante!

"¿Qué me dices?", ha preguntado mi madre nerviosa.

En lugar de decir la verdad, he obligado a mis labios temblorosos a sonreír y he levantado el pulgar.

¿Que por qué? Porque me daba miedo abrir la boca y no poder contener el vómito involuntario.

¡Lo siento, mamá! ¡¡☹!!

"¡Sabía que te gustaría!", ha dicho encantada. "¡Pues espera a probar mi magdalena de atún y berenjena con topping de mostaza de gachas!".

¡Solo con oír esos horribles ingredientes me ha VUELTO a dar arcadas!

"¡Más no, mamá! ¡POR FAVOR!", he murmurado mientras mi estómago trepidaba como un triturador de basura.

Cuando iba a pasarme la masa de mejunje morado recubierta de gachas viscosas, mi padre ha entrado de un salto en la cocina, como si se quemara algo.

Llevaba un traje cutre de color marrón, una capa larga y una máscara. ¡Y de la cabeza le salían unas antenas de plástico enormes!

¡Madre mía! Parecía un cruce entre un superhéroe algo desequilibrado y una cucaracha semihumana gigante!

¡¡Por un momento he pensado que era el papá desaparecido de la Cucaracha Max!!

Mi padre me ha esparcido por encima su aerosol antiplagas y ha gritado...

"¿Te gusta mi nuevo traje?", ha dicho entre risas.

"¡Qué horror, papá! ¿Qué es ese olor tan HORRIBLE? ¡¿Una morsa muerta?!", he gritado.

Y ¿a qué TONTO inmaduro y sin cerebro se le ocurriría echárselo sobre la gente?, pregunto yo.

"¡Tú deberías saberlo mejor que nadie, Nikki!", ha dicho mi padre. "He encontrado una botella entera bajo el fregadero. TÚ dijiste que era un todo en uno casero: repelente, vinagreta y ambientador llamado Espray Estival Sardinero. ¿No te acuerdas de tu proyecto de crédito extraordinario?".

¡Vale, de acuerdo! ¡Eran las sobras del espray repelente de hadas que YO preparé en octubre! ¡¿Y?!

"¡Funciona de maravilla!", ha dicho mi padre. "¡Es seguro, mata a los bichos bien muertos y además sabe bien!". Y se ha echado un poco a la boca. "Bueno, ¿cuándo llega el equipo de filmación?".

Ya no he podido aguantar más. "¡Mamá! ¡Papá! ¡¿Por qué vais vestidos así y os comportáis como personajes de alguna serie friki de los ochenta?!", les he gritado.

"Cariño, ¿no te has enterado? ¡Tu programa va tan bien que tu productor NOS hará una prueba para una secuela del tuyo!", ha dicho mi madre.

¡¡GENIAL!! Mi vida ya es un programa de MIEDO ¡¿y ahora mis padres se apuntan de actores?!

¡¡¿Y qué MÁS...?!!

Justo entonces Brianna y la señorita Penélope han entrado bailando en la cocina.

Brianna llevaba un tutú, una boa de plumas, los zapatos de mi madre, bisutería, gafas de sol y demasiado maquillaje. **¡Madre mía!** ¡Parecía Katy Perry con cinco años!

Llevaba sonando a todo volumen en un reproductor una horrible canción del disco de éxitos del Hada de Azúcar y la iba cantando, completamente desafinada... *"¡LA ARAÑA PEQUEÑITA TEJIÓ SU TELARAÑA! ¡VINO LA LLUVIA Y SE MONTÓ UN ROCK!"*, gritaba. *"¡SALIÓ EL SOL Y SE MONTÓ UN FIESTÓOOON!"*.

"¡Brianna! ¿QUÉ haces? ¿Y POR QUÉ vas vestida como si fueras a presentarte a un concurso de payasitas?", he preguntado, tapándome los oídos para que no se me reventaran los tímpanos.

"¿Pero no ves que no puedes llamar a tu programa _La voz de Brianna_?", he protestado. "¿Qué harás si se presenta alguien con mejor voz que tú?".

"La señorita Penélope y yo somos las juezas. ¡Y siempre seré YO la GANADORA! ¡Por eso se llama _La voz de BRIANNA_! ¡Nadie más tiene voz!", ha dicho la creída de mi hermana, y luego me ha sacado la lengua, la muy maleducada.

Cuando ha empezado otra vez a cantar, me he tapado los oídos. Pero luego quería taparme también los ojos ¡cuando ha empezado a bailar LOS PAJARITOS! ¡¡Y mis padres han empezado a bailar y cantar con ella!!

"¡Oh, no! Por favor, ¡¡PARAAAD!!", he gritado con todas mis fuerzas. "¡Me estáis volviendo todos LOCAAA!".

Le he cogido el reproductor a Brianna y lo he apagado.

"¡Cuando llegue el equipo de filmación, ivan a pensar que han entrado en un manicomio!", he gritado. "Pero ¡¿QUÉ narices os pasa?!".

Mi madre, mi padre, Brianna y la señorita Penélope se han quedado callados mirándome como si yo fuera la loca...

¡TODA MI FAMILIA, FULMINÁNDOME
CON LA MIRADA!

¡Vale, bueno, quizá sí que estaba EXAGERANDO!

"Nikki, me preocupas", ha dicho mi madre. "Creo que esa agenda tan apretada que llevas te está estresando mucho. Últimamente no pareces tú. ¿Por qué no pruebas esta magdalena de hígado con cebolla y topping de salsa de pepinillos? Te relajará, cariño".

Otra vez las arcadas.

"¡Alguien no ha dormido las horas necesariaaas!", ha canturreado mi padre. "¡Vuelve a la cama y descansa, campeona! Cuando llegue la tele te avisamos".

"¡Sí, vete! ¡No es divertido cuando estás GRUÑONA!", ha dicho Brianna, sacándome OTRA VEZ la lengua.

¡GENIAL! ¡Ahora todo era culpa mía! ¡Como si yo fuera la LOCA! He subido corriendo a mi habitación y he cerrado de un portazo. ¡Ya estaba harta de ese estúpido reality, invadiendo mi intimidad y arruinándome la vida! He visto mi hucha de cerdito. Podía romperla y sacar lo justo para comprar unas gafas con nariz y bigote y un billete de ida de autobús a algún lugar muy muy lejano. No sé, como... er, ¡SIBERIA!

Entonces he tenido una idea superguay. ¡No, mi idea superguay NO es coger un AUTOBÚS para cruzar el océano e ir a Siberia con unas gafas con nariz y bigote.

Era un plan DIABÓLICO que:

1. ASUSTARÍA tanto a ese equipo de filmación que NUNCA JAMÁS querrían poner los pies en esta casa.

Y

2. BORRARÍA todas esas estúpidas ideas de secuelas de mi programa.

¡Soy tan ASTUTA que a veces me doy miedo a MÍ MISMA! ¡¡JA JA JA JAAAA!!

¡Me tengo que ir! Luego acabo de contarlo...

¡¡☺!!

¡Madre mía! ¡No vas a creer lo que pasó aquí ayer! ¡¡Fue SURREALISTA!!

Se me tenía que ocurrir un plan antes de que llegara el equipo de filmación, ¡y quedaban menos de quince minutos! Bajé con sigilo las escaleras y llamé en voz baja a Brianna, que estaba mirando dibujos en la tele.

"¡Pssst!", susurré. "¡Pssst! ¡Brianna!".

"Señorita Penélope, deje de molestarme", dijo mirando mal a su mano. "En cuanto acaben los dibujos podrá ver las noticias".

"¡No! ¡Soy YO!", le grité en voz baja. "¡Mira detrás de ti, boba, digo, mona!".

"¡Ah! ¡Hola, Nikki! ¿Por qué hablas bajo?", dijo Brianna. "¿Estás jugando a algún juego? ¡¿PUEDO JUGAR?!".

"¡Chissss!", le tapé la boca. "¡Sí! Pero tienes que estar supercallada. Es un juego secreto, ¿vale?".

189

Asintió con la cabeza.

"Subamos sin que nos oigan y te lo explico", susurré. "Pero que no se enteren ni mamá ni papá, ¿vale?".

Volvió a asentir con la cabeza y le retiré la mano de la boca muy despacito.

"¡SÍ, SUBAMOS SIN QUE NOS OIGAN! ¡A JUGAR A NUESTRO JUEGO SECRETO!", gritó emocionada. "¡PROMETO QUE NO SE LO DIRÉ NI A MAMÁ NI A PAPÁ! ¡Y TAMB...MMM... MMM!".

No tuve más remedio que taparle la boca otra vez. Solo faltaba que Brianna me arruinara el plan contándolo todo a nuestros padres. Sin dejar en ningún momento de taparle la boca, la cogí como un melón bajo el brazo y subí las escaleras a toda velocidad. Cuando ya estábamos a salvo en mi habitación, la senté sobre mi cama y la regañé.

"¡Brianna! La primera norma del juego secreto es que ¡NO SE PUEDE HABLAR DEL JUEGO SECRETO!".

"¡Uy, perdón!", se rio. "El azúcar me da ganas de hablar".

"Bueno, pues vas a ver qué chulo: ¡tengo un plan
para que TÚ y la señorita Penélope consigáis vuestro
propio programa de la tele!".

"¡¡¿DE VERDAD?!!!", gritó. "¡QUE BIEEEEEENNN!".

La hice callar y seguí. "Los concursos de talentos son
muy... anticuados. Tienes que impresionar a la directora
del programa con algo que no haya visto antes".

"¡Vale!", dijo Brianna excitada. "Y... ¿qué es lo que no
ha visto antes?".

"Bueno, podrías ponerte tu bonito pijama rojo.
Y pintarte unos bonitos lunares rojos en la cara.
Podríamos llamar a tu estilo er... 'moda à la payasine'".

"¡¿Cómo?! ¿Pijama y lunares?", dijo arrugando la
nariz. "¡Mmm! Creo que es... ¡GENIAL! ¡Me encantan
los payasos! Pero no los que son tristes y raros. Esos
me dan mucho miedo. Yo no seré una payasa rara y
triste, ¿verdad, Nikki?".

"¡Claro que no!", la tranquilicé. "¡Nada de payasos raros y tristes que dan miedo!".

Brianna se puso el pijama y yo empecé a pintarle lunares...

YO, "AYUDANDO" A BRIANNA A CONSEGUIR
UN PROGRAMA PROPIO EN LA TELE

"¡Ya está! A ver qué te parece".

"¡Oye, oye, oye... un momento!", dijo Brianna, frunciendo el ceño ante el espejo. "¿Es una broma? ¿Cómo quieres que me den un programa de la tele con estas pintas?".

¡Ostras! ¡No se lo había tragado! Brianna se señaló la mejilla. "¡Nikki, te has saltado un lunar! Justo aquí, ¿ves?".

"Oh, perdón", contesté disimulando. Y le pinté un último lunar rojo en la mejilla.

"¡Ya está! ¡Ahora está perfecto!". Brianna sonrió. "¡Voy a ser una famosa de la tele! ¡Como las de verdad!".

Respiré aliviada.

"¡Oh, casi lo olvido! ¡También necesito un nombre chulo", dijo Brianna.

¡Yo tenía el nombre PERFECTO para ella!

Se lo dije al oído y Brianna no podía parar de reír.

De pronto sonó el timbre de la puerta. ¡Ay, madre! Ya estaban aquí los de la tele.

Recé para que mi plan funcionase.

"¡Muy bien, vamos! Y, recuerda, Brianna, ¡eres una ESTRELLA! Así que... ¡a brillar!".

Corrí escaleras abajo y abrí la puerta.

"¡Buenos días a todos! ¡Pasad, pasad!", dije con una sonrisa falsa estampada en la cara.

Mi directora se fijó en Brianna. "¡Hola, cariño! ¿Cómo te llamas?".

"¡VARICELA!", gritó Brianna. "¿A que suena divertido? Mirad qué lunares rojos tengo esta mañana. ¿A que son preciosos?".

Todo el equipo de filmación se quedó mudo...

Cuando mi directora retrocedió un paso para alejarse de Brianna, tropezó sin querer con el que llevaba la cámara, y este perdió el equilibrio, cayó del escalón y se llevó por delante al que llevaba el foco.

"¡Oh, cielos! ¡Es contagiosa!", chilló la directora. "¡Se cancela el rodaje! ¡Todo el mundo a la furgoneta!".

"¡¿Queréis oírme cantar?! ¡Y también sé bailar muy bien!", dijo Brianna.

"Er... ¿pasa algo?", pregunté inocentemente.

"¡Lo siento, pero hoy no podemos filmar aquí! Está claro que esta niña está muy enferma! ¡Adiós!".

"¡Esperad, no os vayáis!", gritó Brianna. Puso en marcha la música y se puso a cantar: "¡LA ARAÑA PEQUEÑITA TEJIÓ SU TELARAÑA! ¡VINO LA LLUVIA Y SE MONTÓ UN ROCK...!".

Todo el equipo echó a correr por la acera hacia la furgoneta, dejando caer material por el camino. Brianna corrió tras ellos cantando:

"¡Y SE MONTÓ UN FIESTÓOOON!".

¡Madre mía! Parecía una escena sacada de una peli muda. ¡Lástima que no tenía una cámara para grabarlo!

Si no hubiera intervenido, estoy segura de que todos los miembros de mi familia hubieran conseguido su propio programa, incluida la señorita Penélope.

Estas últimas semanas mi vida ha sido un desastre por culpa de mi agenda desbordada. Y no estoy dispuesta a quedarme mirando mientras le pasa lo mismo a mi familia. Vale que están un poco loquitos, ¡pero son míos! ¡Y los QUIERO!

Siento decepcionar a la directora de mi programa y a todos los telespectadores. PERO...

¡¡¡Lo que PASA en casa de los Maxwell SE QUEDA en casa de los Maxwell!!! ¡¡☺!!

En fin, ¡menos mal que mi falso Apocalipsis de la Varicela dio sus frutos! ¡Ese equipo de filmación tardará mucho en volver por mi casa!

NIKKI MAXWELL:
O CÓMO SE HACE UNA PRINCESA DEL POP.
EPISODIO 6

CANCELADO
EL APOCALIPSIS DE
LA VARICELA

Me sentía realmente mal por no estar apoyando mejor a Brandon con su trabajo para el concurso de becas.

Yo sé lo que es estar SUPERpreocupada sobre si te vas a poder pagar o no los estudios. ¡A mí me lo vas a contar, es un palo!

¡Solo espero que no esté en riesgo de tener que cambiar de centro! ¡¡☹!! Debo hablar con él hoy mismo para ver cómo podemos quedar para trabajar.

Hoy volvíamos a tener clase de artes marciales y me daba un poco de apuro aparecer por allí. Entiéndeme, ¡a ver CÓMO te sentirías tú si hubieras dejado casi inconsciente a tu profe de un puñetazo!

Y ver a Mackenzie y a Jessica cuchicheando sobre mí entre risitas no ha mejorado las cosas.

¡Madre mía cuando he visto la cara del sensei Hawkins...! ¡Qué HORROR! ¡Parecía que se la hubieran envuelto con papel del váter!

¡Venga, hombre! ¡El puñetazo no fue tan fuerte! ¿Hacía falta ponerse diez rollos de venda? ¡¿Y el medio kilo de helado de distintos sabores que había apilado en aquel cucurucho?!

"¡Escuchad, pelagatos! Ser un maestro del kárate no es solo dar patadas y... er, ¡PUÑETAZOS!", ha dicho el Halcón mirándome a mí. "¡Es tener instinto asesino!".

Pese a lo que estaba diciendo, juraría que se ha encogido cuando de repente me he inclinado a estornudar. Casi se le cae el cucurucho de helado.

"Hay que ser sabio y astuto para vencer al enemigo. Por ejemplo, estas vendas que llevo hoy", se ha señalado la cabeza. "¡Son FALSAS! Solo las llevo para demostrar lo que os explico, ¿lo entendéis? En la vida real, al Halcón nunca le veréis rasguños ¡porque a los rasguños les da demasiado MIEDO el Halcón!".

Ha hecho un combo de tres golpes y ha gritado "¡KIIIIIIII... AYYYYYYYYY!". Entonces se ha llevado la mano a la mandíbula y ha gemido de dolor como un perrito. Luego ha anunciado una cosa muy impactante...

¡¡YO, ALUCINADA ANTE LA NOTICIA DE UN
EXAMEN SORPRESA EN CLASE DE EF!!

"Y que nadie piense que es porque estoy lesionado ni nada por el estilo. ¡O que estoy CASTIGANDO a toda la clase por mi mandíbula SUPUESTAMENTE rota! Solo quiero saber si tenéis los conocimientos necesarios para ser auténticos guerreros de artes marciales".

"¿Cómo? ¿Hoy no hay golpes", se ha burlado un chico delante de mí. "¿Hoy no entrenará con Nikki Puños? ¡Con lo divertido que sería!".

"¡Ya ves! ¡Seguro que tiene miedo a que Musculitos Maxwell vuelva a tumbarlo!", ha respondido el chico que tenía al lado.

¿Nikki Puños? ¿Musculitos Maxwell?

He gruñido y me he tapado la cara.

Mira... me podéis llamar PEDORRA, ¡pero NUNCA JAMÁS me llaméis esas cosas! ¡¡Suena como si fuera una ABUSONA o una MATONA!!

"¡Tranquila, Nikki!", me ha dicho Chloe dándome palmaditas en el hombro. "Míralo por el lado bueno.

Con tu nueva reputación, ¡ya no serás la primera eliminada cuando juguemos al balón prisionero! ¡A la gente le dará pánico darte con la pelota!".

"Mmm. Pues no estaría nada mal...", he contestado.

Un momento, ¡¡¡¿QUÉ estaba diciendo?!!!

"¡Yo NO soy esa clase de persona!", he dicho en voz baja. "¡Fue un accidente, chicos! ¡¡Un ACCIDENTE!!".

"¡Silencio, pelagatos! ¡Será mejor que el Halcón no oiga ni el vuelo de una mosca!", ha dicho el sensei. "¡A trabajar de una vez, a ver si puedo COMERME el helado antes de que se derrita! Quiero decir... a ver si puedo MEDITAR... ¡para reforzar mi asombroso poder!".

¡¿Desde cuándo un examen sorpresa de artes marciales es más difícil que un examen de mates?! Cuando he visto las preguntas me he dado cuenta de que todo lo que sé de kárate lo he aprendido del Disney Channel y de los dibujos de los sábados por la mañana.

Y, para mi desgracia, ¡TODO era equivocado!...

Hay muchos estilos de artes marciales.
Escribe como mínimo 8:

OK
(Kung Fu) ~~Panda~~   OK (Karate) ~~Kid~~ $\frac{4}{16}$ ☹

X Ninjago   X Tortujas Ninja
X Avatar   X Power Rangers
X Mulan   X Transformers

¿Cuál es el cinturón más bajo y qué representa?

Cinturón de seguridad – <u>Baja</u> el riesgo de lesiones en accidentes de coche

Cinturón de cuero – Se puede llevar <u>bajo</u>.

Cinturón verde – Rodea la ciudad y <u>baja</u> la contaminación.

Cinturón de ronda – <u>Baja</u> la circulación dentro de la ciudad.

Relaciona las siguientes palabras con sus definiciones:

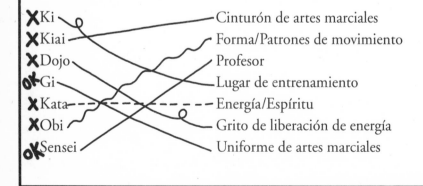

X Ki   Cinturón de artes marciales
X Kiai   Forma/Patrones de movimiento
X Dojo   Profesor
OK Gi   Lugar de entrenamiento
X Kata   Energía/Espíritu
X Obi   Grito de liberación de energía
OK Sensei   Uniforme de artes marciales

Creía que iban a ser preguntas SUPERfáciles, como "¿Cuál es tu tortuga Ninja preferida?".

¡Pero no! ¡Ha sido un examen muy DIFÍCIL!

Si quiero aprobar esta asignatura y ganar un cinturón, será mejor que empiece a estudiar para el examen escrito final. Será este viernes, o sea que ¡solo me quedan ~~cinco~~ cuatro días para prepararlo!

¡¡Tendré que añadir ESTO a mi larga lista de "Cosas que estoy demasiado ocupada para hacer y casi mejor que ni lo intente"!!

¡¡☹!!

¡AAAAAAAHHH!

(Esa era yo ¡GRITANDO! ¡¡☹!!)

¡Dios mío! ¡A ver si voy a ser una amiga TÓXICA! ¡De esas que salen en esas series para adolescentes tan pasadas con músicas de dar pena! Donde la tonta de la protagonista arruina queriendo sin querer cualquier posibilidad de estar con el chico de sus sueños.

¡¡¡Y al final se DETESTA por eso!!!

Y entonces se pasa el día entero lloriqueando patéticamente sobre la relación que ELLA se ha cargado. Y se da tanta pena a sí misma que a ti te dan ganas de ¡VOMITAR!

O de cambiar de canal. ¡O AMBAS cosas!

Estoy muy preocupada por mi amistad con Brandon.

Tengo que hablar con él y disculparme porque no tengo tiempo para ayudarle con su trabajo para la beca.

¡Ah! Y por dejarlo plantado la semana pasada.

Y por er... quedarme dormida en la biblioteca. Mientras él me esperaba... ¡una ETERNIDAD!

¡ARGH! ¡¡¡☹!!! ¡Soy tan MALA amiga! Y Brandon se merece algo mejor.

Últimamente está claro que no soy DE FIAR. Y el sentimiento culpa me está matando. ☹

Creo que debería hablar con mis BFF, Chloe y Zoey. Seguro que ellas me ayudan con el problema que tengo con Brandon, ¡como siempre!

Pues hoy cuando estaba esperando a mis BFF ha aparecido de pronto Mackenzie y se me ha encarado.

Y se ha puesto a gritarme...

Como me ha pillado ya de bastante malhumor, ¡la he mirado directamente a sus ojos malévolos y le he echado una buena bronca!

"Muy bien, Mackenzie, ¿quieres saber mi excusa?
Resulta que la CHIFLADA de mi coreógrafa me
tuvo ayer ensayando hasta las diez de la NOCHE
pero, en lugar de aprovechar para anunciarme una
práctica MATINAL, ¡ha preferido llamarme a las
seis de esta mañana, cuando yo estaba en la ducha, y
dejar un mensaje que he escuchado hace diez minutos
justos! Es decir, ¡quince minutos DESPUÉS de que
TERMINARA la supuesta práctica!".

"¡Pues más te vale recuperar la práctica que has
perdido o llamo a Trevor Chase!", me ha amenazado.

"¿Sabes qué te digo, Mackenzie? ¡Que lo llames! Por
mí, ¡como si llamas al HADA DE LOS DIENTES! No
tengo tiempo ni para respirar, y menos para dejar
todo lo que estoy haciendo cada vez que a TI te
entra el capricho de torturarme con una práctica de
baile imprevista. ¡Lo siento, pero NO te voy a DAR
el gusto de provocarme un ataque de nervios! ¡Ya
sé que quieres que abandone para quedarte con mi
banda Y mi programa de la tele!".

"¿Ya? ¿Ya has terminado tu rabieta paranoica?

211

¡¿Sabes que yo no tengo TODA la culpa de que tu vida sea un desastre?!", ha dicho Mackenzie con sarcasmo y entornando sus ojos azul glacial. Luego se ha quedado callada y mirándome ¡una ETERNIDAD! Casi podía ver cómo se movían los engranajes de su pequeño cerebro. ¡Estaba tramando algo! "¡La verdad es que tienes razón, Nikki! Necesitas un respiro y yo te he estado apretando demasiado. Mira, ¡cancelo el resto de prácticas de baile de esta semana!".

"¡¿CÓ... CÓMO?!", he tartamudeado, boquiabierta.

"¡Pues que te doy libre el resto de la semana! Te sabes la coreografía tan bien que podrías hacerla dormida. De hecho, ¡yo te he visto hacerla dormida! ¡Aprovecha el tiempo que te quede para descansar un poco!". Antes de que le contestara, ya se había ido contoneándose. ¡Qué rabia me da que haga eso! ¡¿Canceladas las prácticas de baile?! ¡Era demasiado bueno para ser verdad! Hoy en el almuerzo podría pedir disculpas a Brandon y ofrecerme a ayudarle. A lo mejor Mackenzie no era tan BRUJA después de todo. O eso he pensado hasta que la he visto... ¡¡SECUESTRANDO a mi equipo de filmación!!

213

Los alumnos que pasaban han empezado a arremolinarse a su alrededor. "No puedo hablar mucho porque son asuntos personales, ¡pero me da TANTA pena por ella! Sobre todo desde que anda metida en ese triángulo AMOROSO tan turbio con un miembro de su banda. Porque a él en el fondo le gusta otra chica que le da MIL vueltas a Nikki. Y ella, lógicamente, se muere de celos. Lo siento, pero no puedo contar más".

Los ojos de la directora se han iluminado. "¡ESTO es lo que estábamos esperando! ¡Problemas entre los miembros de la banda! ¡Líos! ¡Penas de amor! ¡Intriga! ¡Sácale un primer plano, Steve! ¡Y sigue rodando!".

Cuando el cámara ha hecho un zoom sobre el rostro de Mackenzie para buscar dramatismo, ella ha subido y bajado las pestañas con aire inocente y luego se ha puesto unas siete capas de brillo de labios Rojo Venganza Furiosa.

"¡Desahógate, cariño! ¡Te sentirás mucho mejor! ¡Ya se ve que te preocupas por tu amiga Nikki", ha dicho la directora para hacerle hablar. "¿Qué puedes decirnos sobre ese otro miembro de la banda?".

Mackenzie ha suspirado profundamente y se ha secado las supuestas lágrimas para reforzar su actuación.

"Bueno, yo no soy nada cotilla, pero él y Nikki tienen una relación que ahora va bien y ahora va mal. ¡Pobrecitos, es tan disfuncional! Lo único que hacen es discutir, y Nikki ya está harta. Tengo la terrible sensación de que mañana lo plantará. O él la plantará cuando oiga todos estos trapos sucios aireados por la tele. ¡Será HORRIBLE! ¡Horriblemente JUGOSO!".

¡Era INCREÍBLE cómo podía MENTIR de esa forma delante de las cámaras! ¡¡¿No tiene sentido de la VERGÜENZA?!! ¡He tenido que contenerme para no arrancarle su sonrisa condescendiente de un manotazo!

Mackenzie se ha quedado mirando a la cámara con expresión compungida. "¡Os lo advierto, pronto veréis aquí un dramón! Me preocupa mucho que pueda afectar a la carrera musical de Nikki y que para BRANDON resulte mortificador". Se ha llevado la mano a la boca fingiendo consternación. "¡GLUPS! ¡¿Acabo de decir su NOMBRE?! ¡Ya he dicho demasiado! Y, como amiga, me parece importante respetar su intimidad, lo siento".

"No lo sientas, ¡tus comentarios nos han aportado mucho!", ha exclamado la directora. "¡Las audiencias de este episodio se van a disparar! ¡A lo mejor hasta me dan un Emmy!".

Mackenzie ha sonreído, ha pestañeado y ha jugueteado con su melena una y otra vez. Estaba claro que intentaba hipnotizar a la directora para que siguiera sus malévolas instrucciones. Y yo SABÍA qué quería.

"¡Sí, señora, usted se merece un premio! ¿Qué tal un programa de la tele sobre MÍ y mi vida TAN fabulosa? Tengo un GRAN talento para bailar y para diseñar moda, y mi tía Clarissa tiene el...".

Pero la directora la ha ignorado por completo. "¡A ver, chicos, escuchadme! Mañana una cámara seguirá a Nikki cada minuto del día. No la perdáis de vista, ¿entendido? Y necesitaremos una segunda cámara para seguir a ese tal Brandon. ¡Que alguien me traiga una copia de su horario de clases!".

De pronto he empezado a sentir NÁUSEAS.

Ahora mismo estoy escondida en la biblioteca, escribiendo todo esto en mi diario. Menos mal que dentro de quince minutos tengo que salir del insti para ir al dentista. ¡Aún no he superado que Mackenzie haya podido hacer algo tan VIL! ¡¡Tengo que encontrar la forma de avisar a Brandon antes de que sea demasiado tarde!! ¡¡☹!!

No sé si podré recuperarme NUNCA de la asquerosa jugada de Mackenzie. ¡Que describiera a Brandon como un tipo sin corazón en mitad de un estúpido triángulo amoroso conmigo y con ella fue directamente ESPANTOSO!

Mi plan consistía en esquivar al equipo de filmación todo el día, dejarlos plantados y reunirme en secreto con Brandon después de clase. ¡Pero antes tenía que AVISARLO a él! Aunque, con los rumores que estaban corriendo, seguro que a estas alturas ya sabía que el equipo de filmación había previsto seguirlo como sigue un cazador a un animal. ¡Pobre! ¡☹!

Antes de ir a clase quería pasar por mi taquilla y coger TODOS los libros, porque sabía que la taquilla era el PRIMER sitio donde iban a ir a buscarme. De manera que era el ÚLTIMO sitio donde quería estar.

Me he escondido en el almacén del conserje hasta que los pasillos estuvieran vacíos. Luego he ido de puntillas hasta mi taquilla. Mi plan iba muy bien hasta que...

¡Ostras! ¡Estaba rodeada! ¡Me habían PILLADO!
¡Como un RATÓN asustado atrapado en una
TRAMPA cruel! Pero, por desgracia y a diferencia
del ratón, yo no podía comerme la pata para

poder escapar. ¡☺! Lo siento, pero estaba desesperada.

"¡Hola, Nikki! ¡Te estamos grabando!", me dijo la directora. "Hoy utilizaremos carteles para ayudarte a contarnos tu historia. No tienes más que leerlos y transmitirnos tu dolor, ¿vale?".

"¿Como que utilizaremos carteles?". He mirado hacia el cartel que el ayudante estaba sujetando en alto y lo he leído en voz alta. "Todo se ha acabado entre Brandon y yo... ¡¿Cómooo?!".

La situación se estaba descontrolando. "¡Pero eso no es verdad! Er... ¿podemos parar la cámara un momento? ¡No pienso decir eso para nada!".

"¡Pues acabas de decirlo! Y en la sala de montaje quedará perfecto. ¡Sigue así de bien!", me ha dicho mi directora encantada de la vida.

¡Madre mía! ¡Estaba tan y TAN enfadada! Ya veía que con esta gente no se podía razonar con calma. He decidido que lo más inteligente era hacer ver que colaboraría. El sábado había funcionado muy bien el mismo truco. Lástima que hoy no había traído la pintura roja a la escuela. ¡Hubiera podido ATERRORIZAR al equipo de filmación con *El apocalipsis de la varicela, Parte 2*! ¡☺!

"Entonces, ¿cuándo vas a cortar con este tal Brandon?", me ha preguntado la directora. "He pensado que podíamos hacer un plano general y añadir música melancólica para ambientar la escena. Va a ser INCREÍBLE, sin ánimo de ofender...".

"Er, ahora tengo clase, pero luego podemos quedar aquí mismo, ante mi taquilla", he mentido.

"¡Pinta bien! ¡Te esperamos!", ha dicho la directora levantando el pulgar.

Mientras me arrastraba hacia la clase he puesto a trabajar la mente a marchas forzadas. Ha sido casi imposible concentrarse en la lección, y cada minuto parecía una hora. Pero, en cuanto ha sonado el timbre, he salido corriendo al pasillo en busca de Brandon. Tenía que avisarle. Ojalá no fuera demasiado tarde.

Me he apoyado en una pared para recobrar el aliento y me he asegurado de que no hubiera ni rastro del equipo de filmación. Seguro que AÚN estaban esperándome en la taquilla. He mirado desde la esquina y he visto a Brandon en el momento en que dejaba su taquilla. Me ha parecido que estaba algo desanimado...

He vuelto a sentirme muy culpable por ser una amiga tan penosa y desconsiderada.

"¡Brandon!", le he llamado haciéndole señas. "¿Tienes un momento?".

Se ha dado la vuelta, me ha sonreído a medias y se ha encogido de hombros. "Hola, Nikki. Tengo un examen de mates, pero aún falta unos minutos, dime".

"Bueno, es que quería disculparme por... mm, ¡todo! Sé lo SUPERimportante que es tu proyecto y quería ayudarte a ganar esa beca".

"Nikki, tu agenda es una locura. Entiendo perfectamente que no tengas tiempo para...".

"No, Brandon, no hay excusa para lo que hice. ¡De verdad que lo siento! Me han cancelado las prácticas de baile de esta semana, me queda algo de tiempo. ¿Qué te parece si quedamos hoy en la biblioteca después de clase, trabajamos en tu proyecto y después nos vamos a Fuzzy Friends?".

Se le ha iluminado la cara y se ha apartado las greñas del flequillo de los ojos. "¡Guay! Te agradezco mucho que quieras ayudarme con el trabajo. ¡Qué suerte tengo de tenerte como amiga!".

¡Qué MALA suerte, más bien! Porque de pronto ha aparecido tras él en el pasillo el equipo de filmación. No quería que vieran a Brandon, pero, sobre todo, ¡no quería que Brandon viera aquellos horribles carteles! Tenía que cortar y salir de allí ¡DEPRISA!

"Gracias, Brandon, pero procura esquivar al equipo de filmación, ¡porque Mackenzie les ha dicho un puñado de mentiras y ahora te están buscando buena suerte con tu examen de mates hablamos luego adiós!".

Brandon ha puesto cara de no entender nada. "¿Qué has dicho? ¡Espera! ¿Y mi trabajo? Pero ¿nos vemos igualmente en Fuzzy Friends después de...?".

He dejado a Brandon con la palabra en la boca. He pasado junto a los de la tele y se han vuelto a seguirme tal como había previsto. He cortado por la cafetería y me he escondido en el baño de las chicas cerca del gimnasio. Me he metido en un cubículo con el corazón acelerado. Pero nada me ha servido para escapar de la estúpida cámara y los horribles carteles...

Allá donde iba, la cámara acababa encontrándome.
¡Hasta en el almacén del conserje...!

Al final me he rendido y he dejado que la cámara me siguiera por toda la escuela. Lo que significa que AHORA no puedo acercarme a Brandon.

Mi situación era bastante deprimente porque, gracias a Mackenzie, al final he encontrado algo de tiempo libre en mi agenda.

Pero, gracias a su pequeña confesión ante las cámaras, ahora no podía ALMORZAR con Brandon, ni HABLAR con Brandon entre clases, ni TRABAJAR en el proyecto de Brandon en la biblioteca y ni siquiera SALIR con Brandon después de clase.

¡Mackenzie ha conseguido VOLVER a manipularme! Y meter cizaña entre Brandon y yo.

Claro que el que yo me esfumara de aquella manera y lo dejara plantado en mitad del pasillo, totalmente confundido, tampoco ha mejorado las cosas.

Después de eso, Brandon tenía todos los motivos del mundo para huir de mí como de la peste. ¡Hasta yo huiría de MÍ si pudiera, de TAN enfadada que estaba!

¡Dios mío! ¡Me hubiera puesto a llorar allí mismo!
¡Pero ni ESO podía hacer con aquella estúpida cámara
encima!

¡Qué ganas tenía de que acabara de una vez POR
TODAS el día!

Nada más llegar a casa, he subido a mi habitación, me
he tumbado en la cama y me he puesto a llorar. Luego
me he quedado mirando la pared enfurruñada. No sé
por qué, pero eso siempre me hace sentir mucho mejor.

Enseguida me he quedado dormida ¡y he tenido una
pesadilla HORRIBLE! ¡Lo que daba más miedo era
que parecía COMPLETAMENTE real!

Cuando por fin me he despertado, ya era casi
medianoche. Como me sentía mejor, me he puesto a
escribir en el diario. Pero de pronto he tenido la
sensación de que en la habitación había algo más.

¡Algo MUY malo! Cuando he alzado la cabeza, ¡lo he
visto! ¡Madre mía! ¡Estaba tan ATERRORIZADA
que quería gritar, pero NO PODÍA...!

¡YO, TENIENDO UNA HORRIBLE PESADILLA CON
EL EQUIPO DE FILMACIÓN Y SUS CARTELES!

Al final me he despertado de verdad y he visto que había sido una pesadilla dentro de otra. ¡Menos mal!

Como me he quedado algo paranoica, he mirado debajo la cama y dentro del armario por si había cámaras ocultas, gente grabando o carteles espantosos. Creo que hoy dormiré con la luz encendida...

¡¡☹!!

JUEVES, 27 DE MARZO

El mes pasado me pillaron la tarjeta de San Valentín en la clase de bío y ya debería haber aprendido la lección.

¿VERDAD? ¡¡¡PUES NO!!! ¡Hoy he estado a punto de dejar que me pillaran el MÓVIL!

Estaba en mates, y NECESITABA poner al día a Chloe y Zoey sobre cómo estaban las cosas con Brandon.

Cuando la profa ha dicho que sacáramos los cuadernos y las calculadoras, sabía que era el momento perfecto para coger el móvil y enviarles un mensaje.

Total, el móvil lleva calculadora... Mientras fuera levantando la mano de vez en cuando para dar alguna respuesta correcta, nadie descubriría mi secreto.

También he intentado seguir al máximo los CEMCSQTP, es decir, ¡los CONSEJOS para ENVIAR MENSAJES en CLASE SIN QUE TE PILLEN!

CONSEJOS CEMCSQTP

SI QUIERES QUE TE PILLEN

1. Escribe y lee mensajes en mitad de la clase.

2. Ríete después de mirar el móvil.

3. Lleva ropa sin bolsillos.

4. Olvida silenciar el móvil.

SI NO QUIERES QUE TE PILLEN

1. Escribe mensajes sin mirar el móvil.

2. Mira el móvil de reojo y responde después.

3. Lleva un jersey con bolsillo delantero o un bolso para esconder el móvil.

4. Comprueba en todo momento dónde está tu profesor.

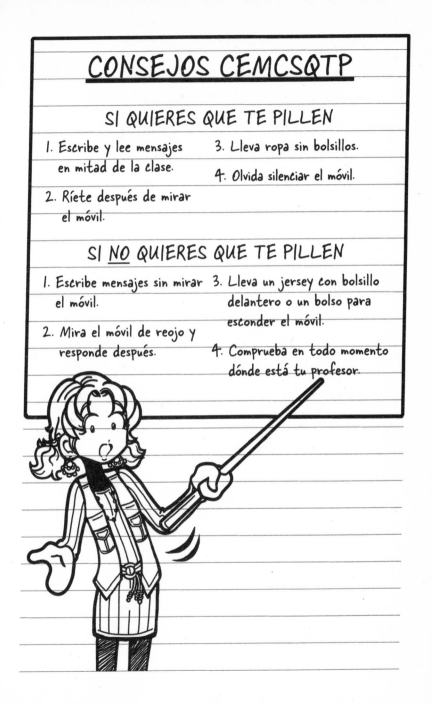

233

Para cualquiera que tenga un móvil Y envíe mensajes en clase es FUNDAMENTAL conocer estas normas. De lo contrario, te arriesgas a una CIM, es decir, una CONFISCACIÓN INMEDIATA de MÓVIL.

Total, que he enviado un mensaje a Zoey para ponerla al corriente de mi situación con Brandon. La cosa ha ido más o menos así:

* * * * *

Nikki: ¡Hola! Necesito consejo para saber qué hago con Brandon.

Zoey: ¡Escupe!

Nikki: Creo que me está evitando. Supongo que por el desastre con las cámaras.

Zoey: ¡Anda ya! ¡Pero si todo fue culpa de Mackenzie!

Nikki: Lo sé, pero creo que tengo que volver a hablar con él.

Zoey: Me parece bien. ¿Qué le dirás?

Nikki: Si $x = -4$, $24 + 3 - 2x$?

Zoey: ?????

Nikki: ¡Perdona! Estoy en mates y uso el móvil de calculadora. :-p!

* * * * *

"¡SEÑORITA MAXWELL! ¡¿QUÉ está haciendo?!".

Tenía la profa mirándome fijamente.

Y, al alzar la cabeza, he visto que toda la clase también me miraba boquiabierta. ¡Ha sido HORRIBLE!

Tenía que decir algo deprisa, así que he dicho lo primero que se me ha ocurrido.

"Er... estoy utilizando mi calculadora".

"¿Y cómo es que su calculadora vibra?".

Me he estrujado el cerebro buscando un motivo lógico por el que una calculadora podría vibrar.

"Er... ¡puede que esté nerviosa porque no sabe la respuesta al problema!".

La profa ha fruncido el ceño y ha empezado a acercárseme deprisa con la mano extendida para practicar una CIM (Confiscación Inmediata de Móvil).

Me he quedado paralizada de miedo.

Pero he recordado a tiempo el más importante de todos los consejos CEMCSQTP: "Qué hacer en caso de una CIM por sorpresa".

REACCIÓN ANTE UNA CIM POR SORPRESA

Si se te acerca un/a profe/a extendiendo
la mano para una CIM
(Confiscación Inmediata de Móvil),
¡NO ENTREGUES NUNCA TU MÓVIL!
Bastará con que abras la boca, te saques
el chicle que estabas masticando y se lo
pongas en la palma. Le dará tanto ASCO
que pronto OLVIDARÁ la razón por la
que se te ha acercado.

Por desgracia, yo no estaba masticando chicle.

¡Le había dado el último a Chloe después de la clase de educación física! ¡☹!

Pero, por suerte, ¡SÍ que sabía dónde se podía ENCONTRAR chicle en una clase de secundaria! ¡☺!

Y no un poco, no... ¡MUCHO!

Con la profa ya casi encima, he llevado rápidamente la mano bajo la mesa y he agarrado el trozo de chicle más gordo que he encontrado.

¡Sí, supones bien! ¡Era MUY MUY asqueroso!

Pero...

¡Yo estaba MUY MUY MUY decidida a NO PERDER mi móvil!

Y entonces ha pasado esto...

YO, AGARRANDO EL PRIMER TROZO DE CHICLE GORDO Y ASQUEROSO QUE HE ENCONTRADO BAJO LA MESA

Y con todas las miradas puestas sobre mí, me he metido el chicle en la boca y me he puesto a masticar...

YO, MASTICANDO EL CHICLE GORDO Y ASQUEROSO QUE HE ENCONTRADO BAJO LA MESA

La profa se ha parado en seco horrorizada. Luego creo que le han dado arcadas. Finalmente, ha recobrado la compostura y ha hecho un gesto de incredulidad con la cabeza. Ha regresado a su mesa, se ha dejado caer en la silla y ha pasado el resto de la hora preguntándose en vano POR QUÉ se le ocurrió hacerse profesora.

Oía los comentarios de asco de mis compañeros. Pero me daba igual.

¡AÚN tenía el móvil! ¡¡¡☺!!! ¡YUJUUUU!

MORALEJA de la historia: si eres de las que envían muchos mensajes en clase, sigue SIEMPRE los CEMCSQTP. Y, sobre todo, ¡que NUNCA te pillen sin CHICLE! Porque, de lo contrario, cuando vengan a confiscarte el MÓVIL, tendrás que:

1. MASTICAR algún trozo de chicle de las ENORMES y ASQUEROSAS reservas de emergencia oportunamente pegadas bajo tu MESA. ¡¡☹!!

O, alternativamente:

2. ¡PERDER tu PRECIOSO móvil! ¡¡☹!!

¡Tú eliges!

Bueno, lo que cuesta creer es que solo faltan dos días para nuestra fiesta de presentación. ¡Me muero de ganas!

Aunque estoy SUPERemocionada con el tema, no dejo de sentir dolor de barriga cada vez que pienso en todo el asunto de Brandon.

Nunca me perdonaré si al final por MI culpa no presenta el trabajo a tiempo y pierde la oportunidad de ganar el dinero de la beca. ¡Sería HORRIBLE! ¡¡☹!!

Como estaba un poco deprimida, he pensado que me iría bien ir al estudio a practicar con las pistas de música mis partes de la canción.

Me gusta mucho mi canción "LOS PEDORROS MOLAN". Y cantar siempre me va bien para compensar mi vida pedorra y descontrolada. Sobre todo con todo lo que he pasado últimamente.

Estaba en el estudio, totalmente metida en la canción, cuando ha llegado una visita inesperada...

YO, PRACTICANDO EN EL ESTUDIO, CUANDO HA APARECIDO UNA VISITA INESPERADA

¡¡Era BRANDON!! ¡¡☺!!

No me lo esperaba para nada, ¡precisamente ÉL! Me ha saludado con la mano y ha sonreído.

Mientras yo cantaba él miraba a través del cristal. Se le veía un poco serio, diría que hasta triste.

Cuando he acabado la canción, me ha aplaudido y todo. Y yo, de broma, le he hecho una reverencia.

Entonces he tenido una idea megabrillante.

"¡Qué A TIEMPO vienes, Brandon!", le he dicho cuando entraba en la cabina. "Yo aquí ya he acabado. ¿Por qué no vamos al Crazy Burger de enfrente y miramos tu trabajo? ¡INVITO yo!".

"De hecho, quería hablar contigo de eso. Estoy un poco fastidiado con todo el tema de la beca y creo que necesito desahogarme un poco", ha dicho Brandon metiéndose las manos en los bolsillos y bajando la vista al suelo.

"Te entiendo. ¡Yo de ti estaría muy enfadada conmigo! Pero te puedo ayudar ahora mismo si...".

"Nikki, NO estoy enfadado. Bueno, al menos no CONTIGO. Me llevó mucho trabajo pero pude conseguir toda la información que hubiera sacado entrevistándote a partir de material de tu programa de la tele y de artículos publicados. Al FINAL lo acabé y lo presenté al comité de becas ayer".

"¡¿En serio?! ¡¡¿Ya lo has HECHO?!!", he gritado sorprendida. "¡Eso es estupendo, Brandon!".

He sentido como si me quitaran un saco de patatas de la espalda.

"¡Felicidades! ¡Me alegro mucho por ti!", he exclamado.

"Pues no te alegres. Por desgracia, hace dos horas he recibido un correo electrónico del comité diciendo que han rechazado mi trabajo. Se ve que alguien más ha presentado un trabajo casi idéntico al mío".

"¡NO puede ser!", he gritado, incrédula. "¡Es imposible!

¡Tu trabajo va de una alumna del instituto WCD metida en un proyecto con Trevor Chase que es una oportunidad única en la vida! ¡Y esa alumna solo soy YO! ¡TIENE que haber algún error!".

Brandon ha hecho un gesto de rabia. "Me han dicho quién es esa persona. A ver si lo adivinas". El nombre ha salido inmediatamente por mi boca como una exhalación.

"¡¡¡MACKENZIE!!!", he gruñido. "Pero ¿por qué iba ella a pedir una beca? ¡Su familia está forrada! ¿Y por qué TE iba a robar el tema?".

"¡A saber! Quizá porque se lo comenté. Lo cual me doy cuenta ahora de que fue una tontería".

Yo no sabía qué decir. Y me sentía completamente responsable. Si no hubiera esperado tanto tiempo mi ayuda (mientras yo andaba ocupada durmiéndome en la biblioteca o peleándome con Mackenzie por la coreografía), Brandon podría haber acabado y presentado su trabajo hace semanas. He tenido que contener las lágrimas.

BRANDON, ¡¡CONTÁNDOME QUE SU TRABAJO PARA EL CONCURSO DE BECAS HA SIDO RECHAZADO!!

"¡No, no es culpa tuya, Nikki! El que pidiera la beca tampoco significaba que fueran a dármela. Además, puedo buscar trabajo de verano en Crazy Burger o incluso en Queasy Cheesy. Sé que no me alcanzará para cubrir todos los estudios. ¡Pero seguro que ayuda, ¿verdad?!".

¡ESO me ha hecho sentir aún PEOR!

"Pero, Brandon, ¡tú en verano vas a ayudar a Fuzzy Friends porque ADORAS ese sitio!".

"Pues buscaré voluntarios para que me sustituyan. ¡NO es el fin del mundo!".

Me he tapado la cara con las manos y he intentado pensar. "¡Ya sé! ¡Puedes empezar a trabajar en un proyecto NUEVO! ¡Esta noche! Y yo te puedo ayudar...".

"Nikki, el plazo es el sábado a medianoche. ¡Dentro de dos días! ¡No me daría tiempo acabarlo! Además tenemos la fiesta de presentación en Swanky Hill. Con todo lo que has trabajado, ¡no me perdería eso por nada del mundo!".

247

De pronto me he enfadado. No tanto con Brandon como conmigo misma.

"¡Brandon, no seas inmaduro! Esa beca es diez veces más importante que pasearte por un centro de esquí con tus amiguitos. Además, yo NO quiero verte en la fiesta de presentación si te ha de servir de cómoda excusa para rendirte así! ¡No quiero cargar con eso en MI conciencia!".

Brandon se ha quedado perplejo y herido. Enseguida me he arrepentido de todo lo que he dicho. ¡En el fondo el problema de estas últimas semanas era YO! ¡Me he convertido en una CURSI egocéntrica y vanidosa! ¡Y no lo he visto hasta ahora! Pero Brandon es demasiado bueno para decírmelo. Ha preferido encogerse de hombros mirándome. "Lo que quieras, Nikki. Me lo pensaré, ¿vale? Hasta luego".

Me he sentido... ¡FATAL! "¡Espera, Brandon, tenemos...".

Pero no he podido acabar la frase porque ya había cogido el abrigo y salido por la puerta. ¿POR QUÉ me empeño en hacer daño a mi amigo? ¡¿☹?!

Me ha invadido un mar de desaliento y hasta he sentido dolor físico en el corazón. He suspirado profundamente y he vuelto a poner en marcha la pista de "Los pedorros molan". Pero esta vez, en lugar de cantar mi canción...

... ¡la he acompañado con lágrimas! ||☹!!

Yo seguía bastante triste con lo de Brandon, pero hoy tenía el examen final de artes marciales y mi principal objetivo era salir viva de él.

El examen consistía en una prueba de aptitudes y otra de conocimientos. Tras catear el examen sorpresa, ahora tendría que romperme los cuernos para aprobar.

Por eso he estudiado antes y después de clase, y entre las filmaciones, las clases de voz, los ensayos de la banda, las prácticas de baile y las sesiones del estudio.

Luego, por si acaso, también he mirado todas las pelis seguidas de Kárate Kid (otra vez), tomando notas.

"¡Pelagatos!, ¡Hoy es el día del juicio final!", ha anunciado con dramatismo el sensei Halcón. "Se os someterá a duras pruebas y retos mentales. Si tenéis lo que hay que tener para superarlas, seréis pollos de halcón capaces de volar. ¿Podréis enfrentaros al TERRIBLE desafío del examen del Halcón?".

He mirado a mi alrededor y todo el mundo estaba sudando la gota gorda. Se ve que yo no fui la ÚNICA en suspender el examen sorpresa de marras.

"Aquí tenéis la primera parte del desafío. Pondrá a prueba vuestros conocimientos", ha dicho el Halcón mientras repartía el examen escrito. "Solo tenéis quince minutos para rellenarlo. Empezando ya... ¡quien se ATREVA!".

Al leer la prueba me he asustado y se me ha quedado la mente en blanco. Y más al ver a Mackenzie lanzándome su mirada asesina desde la otra punta de la clase.

He cerrado los ojos y he inspirado hondo tres veces. SABÍA lo que me preguntaban. Solo tenía que CENTRARME.

Por suerte, he acabado el test justo cuando se acababa el tiempo. El Halcón los ha corregido todos mientras calentábamos para la parte práctica del examen.

Parecía increíble, ¡pero todo el tiempo que he empleado estudiando ha valido la pena!

EXAMEN FINAL DEL HALCÓN NOMBRE: <u>Nikki Maxwell</u>

Hay muchos estilos de artes marciales. Escribe como mínimo 8:

1) Kung-fu
2) Kárate
3) Jiu-jitsu
4) Judo

5) Aikido
6) Boxeo tailandés
7) Taichi
8) Taekwondo

100%

A+

Indica al menos tres tipos de los movimientos siguientes:

Patadas – Patada frontal, patada lateral y patada circular

Paradas – Parada ascendente, descendente y hacia el exterior

Golpes – Golpe con la palma de la mano, golpe de garra y golpe de codo.

Posturas – Postura de espera, postura del gato y postura adelantada

¿Cuál es el cinturón de menor nivel y qué representa su color?

COLOR BLANCO – la ausencia de color significa que el alumno es principiante y no tiene conocimientos de artes marciales. A medida que avanza va recibiendo cinturones de otros colores en función de sus conocimientos y del progreso de sus aptitudes. Los colores típicos por orden son blanco, amarillo, naranja, verde, azul, morado, marrón, rojo y negro.

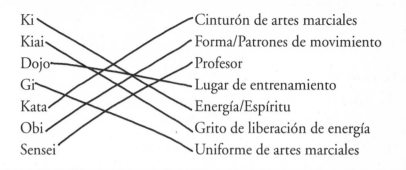

Relaciona las siguientes palabras con sus definiciones:

Ki	Cinturón de artes marciales
Kiai	Forma/Patrones de movimiento
Dojo	Profesor
Gi	Lugar de entrenamiento
Kata	Energía/Espíritu
Obi	Grito de liberación de energía
Sensei	Uniforme de artes marciales

"¡Muy impresionante, Maxwell!", me ha dicho el Halcón con gesto de aprobación... y espaguetis en la boca.

Todos los demás lo han mirado incrédulos mientras se le escapaba una albóndiga por la barbilla, le rebotaba en la barriga y se espachurraba contra el suelo.

La segunda parte del examen era la prueba física, y es cierto que era muy dura. ¡Teníamos que lanzar puñetazos y patadas durante media hora!

"¡Esto NO lo voy a echar de menos!", ha jadeado Zoey.

"¡Aguanta!", he jadeado yo. "¡Ya queda poco para acabar!".

253

CHLOE, ZOEY Y YO
DURANTE LA PRUEBA FÍSICA
DE LA CLASE DE ARTES MARCIALES

"¡UF...!", Chloe ha buscado con la mirada al profe.
"¡Creo que de poco nada, chicas! ¡Muslo de pavo al
frente!".

Ha señalado hacia el *sensei* Hawkins, sentado en las
gradas con un muslo de pavo enorme en la boca.

"¡Vaya, pues genial!", ha gruñido Zoey interrumpiendo
los puñetazos. "Nikki, no soy partidaria de la
violencia, pero POR FAVOR, ¡vuelve a tumbar a ese
hombre y pon fin a esta LOCURA!".

"¡Chisss! ¡Cálmate, Zoey!", he dicho. "Ya sabes que
no puedo hacerlo".

"*¡SENSEI* HAWKINS!", ha gritado Mackenzie.
"¡Tengo los sobacos sudados y los rizos aplanados!
¡Tenemos que parar YA!".

El *sensei* ha tirado el hueso del muslo y ha echado
el último sorbo de su vaso de refresco extragrande.

Y ha mirado el reloj.

"¡Se ha acabado el tiempo, parad! Hemos completado la comida del Halcón, digo, las duras PRUEBAS", ha anunciado. "¡A formar!".

Chloe, Zoey y yo estábamos tan agotadas que apenas podíamos caminar, pero dando tumbos hemos llegado a nuestro sitio.

"¡FELICIDADES! ¡Todos habéis superado el segundo desafío! ¡Que dé comienzo la Ceremonia de Entrega de Premios a los Pollos de Halcón!", ha dicho orgulloso.

Confieso que los métodos de enseñanza del Halcón son muy creativos y algo extraños. Tanto como los cinturones amarillos que nos ha dado.

Están forrados de brillantina y lentejuelas para, en palabras del Halcón, "¡cegar de envidia a vuestros enemigos!". Lo de CEGAR lo ha conseguido seguro. ¡Pero no me quejo! ¡Estoy SUPERorgullosa del cinturón que me ha dado!

Lleva una inscripción en diamantes falsos que dice: "Mayor progreso".

¡Madre mía! ¡Nunca había pensado que algún día
ganaría un premio de artes marciales!

¡¡CHLOE, ZOEY Y YO CON NUESTROS
MERECIDÍSIMOS CINTURONES AMARILLOS!!

"¡Que la garra os acompañe, Polluelos! Si os queréis entrenar, ¡ya sabéis dónde tengo el *dojo*!". El Halcón ha hecho una reverencia y ha dicho "¡*Sayonara*!".

Tras pasar casi un mes con el tipo, hasta me ha dado un poco de pena que se fuera.

Echaré de menos el narcisismo, la forma en que nos gritaba y los suministros infinitos de comida que almacenaba no sé cómo en la chaqueta.

¿Quién sabe? Algún día puede que hasta visite su *dojo*.

Pero ¡basta de sentimentalismos! ¡Los pollos de halcón no derraman lágrimas! ¡Soy tan DURA que haré que mis LÁGRIMAS lloren!

¡¡KIYAAAAAA!!

¡Ahora solo me falta comprarme un cubo de una docena de alitas de pollo para ir picando!

¡¡☺!!

¡Hoy era por fin el día de nuestra fiesta de presentación en el complejo de esquí Swanky Hill!

Aunque me sentía mal porque Brandon posiblemente se la iba a perder, me moría de ganas de ver este sitio del que tanto había oído hablar en el insti. Mackenzie y todas sus amigas GPS pensaban montar sus fiestas de los dieciséis aquí.

Como una sorpresa especial y para premiar lo mucho que había trabajado, ¡Trevor Chase había reservado una suite VIP para que mi familia y yo pasáramos la noche!

También había contratado un servicio de limusina para recogernos y traernos al complejo. ¡SÍ! ¡Hemos llegado a Swanky Hill en una limusina! ¡Como auténticos famosos! ¡¡¡YUJUUUU!!!

El plan incluía un desayuno especial para nosotros preparado por un chef privado en la propia suite.

Luego nos concedían el día ENTERO para estar en las pistas, relajarnos en el spa y holgazanear por la piscina. ¡Iba a ser DE FLIPE!

Al final de la tarde, a las siete, nos reuniríamos con los miembros de mi banda en el centro de convención para nuestra fiesta de presentación.

Dada la popularidad del programa de la tele, esperábamos veinte autocares escolares llenos de fans, además de los que llegarían en coche propio.

Las primeras mil personas podrían comprar un CD de "Los pedorros molan" diez días antes de su lanzamiento.

¡Estaba superexcitada cuando se han abierto las puertas de hierro y hemos empezado a ascender la enorme montaña nevada por un camino privado.

Enmarcada por un bosque de abetos, ha aparecido la gran entrada de Swanky Hill.

"¡Madre mía! ¡Pero mira qué sitio! ¡¡GUAU!!", he soltado.

¡¡MI FAMILIA Y YO LLEGANDO EN LIMUSINA
AL COMPLEJO SWANKY HILL!!

Swanky Hill no es un complejo de esquí familiar corriente. Es famoso por sus instalaciones de lujo, sus restaurantes de cinco tenedores, sus tratamientos de spa de morirse, su club social exclusivo, el centro de convenciones y la presencia habitual de famosos.

Encima hoy, además de nuestra fiesta, ¡se celebraba el Campeonato de Esquí Extremo!

Es una competición en la que los más locos esquiadores bajan las pistas esquivando árboles y rocas y haciendo dobles volteretas en el aire. ¿A que MOLA? ¡¡☺!!

Total, que el complejo estaba lleno de espectadores, turistas y esquiadores.

Mientras nos registrábamos, nos han preguntado si queríamos utilizar los equipos y trajes de esquí del complejo, todos de marca, porque iban INCLUIDOS en nuestras reservas VIP.

¡Madre mía! ¡Era como estar en una megatienda de esquí del centro comercial! ¡Lo que había era PRECIOSO! ¡Era MEGAPIJO!

Pero mi padre ha dicho que no. Ha dicho que no hacía falta porque él y mamá habían HECHO todo lo que necesitábamos.

¡Genial! Ahí es cuando he empezado a preocuparme ~~un poco~~ MUCHO.

Más que nada porque la gente "normal" no "hace" trajes y equipos de esquí. Y menos si son invitados VIP que están en Swanky Hill para una fiesta de presentación.

¡Madre mía! Cuando he visto nuestros equipos para esquiar he tenido que apartar la vista ¡de lo FEOS que eran! Pero también porque el amarillo fluorescente dañaba los ojos. Lo más raro de todo era que esos trajes me resultaban familiares. Y entonces he recordado dónde los había visto antes.

Este verano fui con mi padre al Mercadillo Anual del Ayuntamiento, en el que los diversos departamentos municipales venden los uniformes, equipos, suministros, etc., que les sobran o no quieren.

Mi padre creyó que le había tocado la lotería cuando vio unos trajes de invierno, de color amarillo fluorescente y luminiscente, que supongo que los empleados de recogida de basuras no aguantaban más.

Y, cuando vio el gran cartel encima de los trajes que decía "¡GRATIS, LLÉVENSE LOS QUE QUIERAN!", se volvió loco y cogió uno para cada miembro de la familia.

También cogió gorros de lana usados y gafas, botas y guantes de protección, todos a 1 dólar cada uno.

Mi padre había empezado este desastre pero era bastante claro que mi madre lo había acabado de completar tomándolo como una labor de artesanía.

Había decorado los trajes de ~~basurero~~ esquiar cosiendo corazones de terciopelo rojos en los bolsillos, codos y rodillas, y pegando cenefas de corazones de plástico en los brazos y las piernas. Los gorros y las botas, gafas y guantes de ~~basurero~~ esquiar también llevaban corazones rojos.

Le he suplicado a mi padre que me dejara poner alguno de los elegantes trajes de marca que nos dejaban, para no desentonar con los demás esquiadores.

Ha insistido en que teníamos que llevar nuestros equipos caseros porque mamá había puesto mucho amor en su decoración. Bueno, al menos los cascos, botas y esquís que nos hemos puesto sí que eran del complejo.

Cuando íbamos en el telesilla, todo el mundo se paraba para mirarnos alucinando.

Y no porque nuestros trajes fueran SUPERfeos, que lo eran.

La gente se quedaba boquiabierta porque el AMARILLO BRILLANTE de nuestros trajes era tan cantón ¡que se creían que estaba AMANECIENDO! Aunque fuera casi mediodía.

¡Madre mía! ¡Pensaba que me iba a MORIR de VERGÜENZA colgada a cientos de metros de altura...!

¡¡LA GENTE MIRÁNDONOS DESDE LA PISTA
PORQUE CREEN QUE ESTÁ AMANECIENDO!!

¡Y Brianna sin enterarse de NADA!

Iba sonriendo, saludando y mandando besos a todos como si fuera una concursante de uno de esos desfiles de belleza infantiles.

¡Pero supongo que podía haber sido mucho peor! Menos mal que mi padre no compró ninguno de aquellos monos naranja de una oferta de pague uno y llévese dos que incluía también número de identificación, chanclas, esposas y grilletes.

En lugar de empleados de la basura, ¡habríamos parecido una familia de MATONES FUGITIVOS!

Como Brianna y yo no habíamos esquiado nunca, mi madre sugirió que empezáramos en una pista para principiantes, de las que llaman "Pista del Conejito".

Yo tenía muchas ganas de aprender por fin a esquiar. Y Brianna tenía muchas ganas de conocer al CONEJITO (¡la pobre!). Pero era un palo tener que aprender junto a niños de entre tres y seis años.

Brianna también debía de estar pasando vergüenza, porque hacía como que no me conocía y me llamaba todo el tiempo "¡Oye, tú!"...

YO, CHOCANDO ACCIDENTALMENTE
CON UNA PEQUEÑAJA

¡Pero no podía evitarlo! Cada vez que se me cruzaban los esquís, perdía el control.

El caso es que al cabo de una hora he empezado a pillarle el truco. Y al final hasta podía bajar la "pista del conejito" sin caerme.

Y sin atropellar a pequeñajos. ¡Yujuu!

De pronto me he fijado en un traje de esquí monísimo con una banda de pelo de oveja a juego. Ese traje no salía de ninguna tienda convencional. Era un mono de alto rendimiento y en pluma de ganso, pero de diseñador, de los de las portadas de las revistas de esquí profesional.

Cuando me acercaba para verlo mejor, la persona en cuestión se ha dado la vuelta y me ha lanzado ¡una mirada azul glacial!

¡Oh, no! ¡Era MACKENZIE! ¡☹!

¡Me ha sorprendido tanto VERLA allí que casi vomito el desayuno sobre sus botas de esquí de marca!

¡¡¿Había venido a Swanky Hill para asistir a nuestra fiesta de presentación?!!! Sobre todo después de que...

1. montara aquel pollo la semana pasada porque me había saltado una práctica de baile;

2. amenazara con acusarme a Trevor Chase;

Y

3. ¡¡difundiera aquellas malévolas mentiras sobre mí ante las cámaras!!

Mackenzie me ha dirigido su sonrisa condescendiente y me ha mirado de arriba abajo.

"¡Oh, cielos, Nikki! ¡Erais tú y TU familia los que ibais vestidos con esos horribles monos! Parecíais empleados de la basura. Pues que sepas que el día de recogida aquí es el lunes, no hoy". Y se ha reído como una bruja.

¡¡¿Pero cómo se atreve esa tía a insultar a mi familia en mi CARA?!!!

Vale, puede que Mackenzie tuviera razón.

ÍBAMOS vestidos de empleados de la basura.

Pero ¿Y QUÉ?

Nuestros gustos para vestir no eran maldito asunto suyo.

Es que esa actitud suya TAN... ¡me pone ENFERMA!

En esos momentos quería GRITAR... con todas mis fuerzas... para que el abominable hombre de las nieves... bajara corriendo de la montaña y... se llevara a Mackenzie estirándola por... esa cabellera tan bonita... y la arrastrara a su casa para que fuera su... er, ¡¡RECOGECACAS PERSONAL!! ¡Para el resto de su PATÉTICA y penosa vida!

¡Pero no ha habido suerte! ¡☹!

"¡Muy divertido, Mackenzie! Pero NO somos empleados de la basura. Y, por si lo has olvidado, Chloe, Zoey, Violet, Marcus, Theo y yo tenemos

una fiesta de presentación televisada esta noche",
he dicho apretando los dientes.

De pronto se me ha quedado mirando con expresión
perpleja y ha sonreído con suficiencia.

"¿Ah, sí? Bueno, pues espero que no te importe que
te haga una pregunta personal, pero...".

Sabía que iba a enrollarse sobre lo de que
probablemente Brandon NO vendría a apoyarme
a mí ni a la banda en un acontecimiento tan
importante.

¡No sería porque no le IMPORTABA!

Yo le había insistido para que NO viniera.

Su beca era mucho más importante que el hecho de
que fuera el batería de nuestra banda.

Mackenzie me ha mirado fijamente y me ha
preguntado algo que no era asunto suyo...

MACKENZIE, PREGUNTÁNDOME
POR LA PISTA PARA PRINCIPIANTES

"¡¿Quién, YO?! ¡Claro que NO! Estoy aquí... er... ¡enseñando a mi hermana a esquiar, claro!".

"¿Ah, sí?", ha dicho mirándome como si le estuviera mintiendo o algo por el estilo.

"¡Claro que sí! ¡Llevo años yendo a esquiar a er... la Bajada del Muerto!".

"¿La Bajada del Muerto? Espera, ¿esa no es la pista por la que bajan en trineo mi hermana pequeña y sus amigas?".

"¡Claro que NO! No tiene nada que ver. ¡Yo me refiero al complejo de esquí de lujo de la Bajada del Muerto! Al que van los ricos y famosos. ¡Es aún más PIJO que Swanky Hill!", he mentido. "De hecho, ¡a su lado ESTE lugar parece un vertedero!".

"¡Sí, claro, Nikki! ¿Por qué no dices la verdad? ¡Yo ya sé por qué estás hoy paseándote por las pistas!".

"¡¿Lo sab-sabes?!", he tartamudeado, preguntándome cómo sabía que Trevor había pagado la estancia de mi

276

familia. El hotel era inaccesible para nosotros, ¡no nos lo podríamos haber permitido ni en un millón de años!

"Si tanto sabes esquiar, entonces habrás venido a ver la Competición de Esquí Extremo. Sobre todo sabiendo que BRANDON cubre la noticia para el periódico del instituto. ¡Venga, que NO soy tonta!".

"Vale, pues sí. ESTOY aquí para la prueba de esquí", he vuelto a mentir. "¿Y de verdad que Brandon la cubrirá? Ah, sí, ¡ESO también lo sabía!".

"Bueno, me tengo que ir. NO soy una espectadora como tú, yo compito en la prueba. ¡Deséame suerte, fracasada!". Y se ha ido riéndose y haciendo eses.

Inmediatamente he decidido dejar la pista del conejito de marras y a Brianna con mis padres. Para mí era más importante intentar hablar con Brandon y despejar los nubarrones. Eso SÍ era verdad que venía. Y cuando he llegado en telesilla a la cima del Pico Paranoico, estaba empezando la competición para alumnos de secundaria. Imaginaba que Mackenzie lo haría bien, y lo ha hecho...

¡¡MACKENZIE, TOMANDO VELOCIDAD PISTA ABAJO ANTES DE HACER UN DOBLE SALTO SOBRECOGEDOR!!

Odio admitirlo, pero Mackenzie lo ha hecho mejor que bien. ¡¡Lo ha hecho INCREÍBLE!! Todo el público la ha vitoreado, y ella ha sonreído y ha saludado.

No me ha extrañado que sacara la puntuación más alta de nuestro grupo de edad: 8,7 sobre 10.

Cuando Mackenzie ha vuelto a por sus cosas, la he felicitado sinceramente. ¡Pero la tía me ha ignorado por completo y ha chocado los cinco a todas sus amigas GPS! ¡Qué tonta y marginada me he sentido! ¡☹!

Entonces me he fijado en un chico muy mono que había abajo, vestido con una cazadora azul que me resultaba familiar y haciendo fotos a los esquiadores.

¡Madre mía! ¡Era BRANDON!

Se ve que después de todo había decidido ir a Swanky Hill. Sin hacerme caso a mí.

Le he gritado y saludado con la mano, pero no me oía. Así que me he acercado con mucho cuidado al borde de la rampa y he vuelto a llamarlo: "¡BRAAANDOOON!".

Al final me ha oído. Se le ha puesto una gran sonrisa y me ha saludado con la mano y gritando: "¡HOLA, NIKKI! ¡SONRÍE!".

BRANDON Y YO, VIÉNDONOS ENTRE LA MULTITUD Y SALUDÁNDONOS

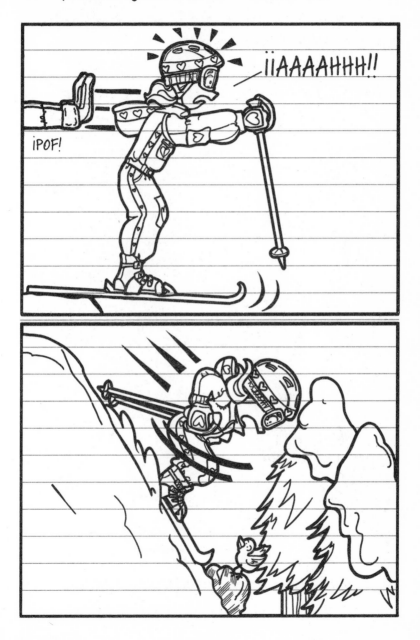

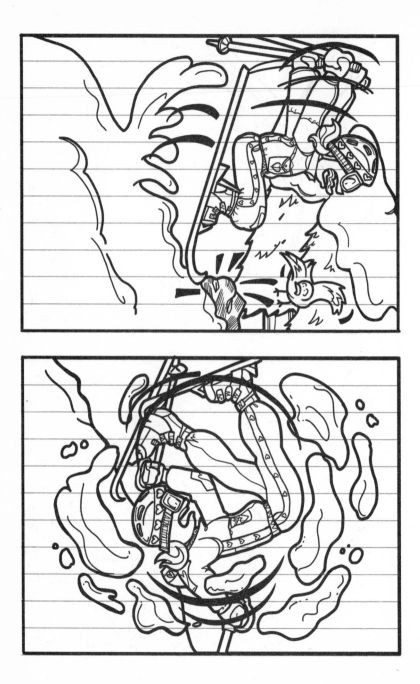

283

¡Madre mía! En mi descenso he...

1. chocado con una roca;

2. dado tres saltos mortales hacia delante;

3. chocado con un árbol;

4. dado una voltereta doble hacia atrás;

5. dado dos piruetas laterales en el aire;

6. perdido mis palos de esquí; y

7. ... ¡AAAAAAAAAAAAH!

Como esquiadora, he sido ¡EXTREMADAMENTE...
MALA! ¡Pero era una prueba de esquí EXTREMO!

Yo era una principiante SUPERtorpe, que apenas podía
bajar por la pista del conejito, ¡pero los jueces han
creído que era una competidora SUPERtemeraria!

¡¡Y aquí viene lo más SURREALISTA!!

¡HE ATERRIZADO EN UN BANCO DE NIEVE, ME HAN DADO UN 10 Y HE GANADO EL PRIMER PUESTO!

¡YUJUUUU! ¡¡☺!! Mackenzie ha quedado segunda, y NO estaba nada contenta. ¡Se siente, pero esto es lo que pasa cuando empujas a la gente por la pista!

¡BRANDON HA HECHO MUCHAS FOTOS!

Incluyendo una de mi familia y yo posando con mi nuevo trofeo. Confieso que quedábamos SUPERchulos con nuestros marchosos monos de esquí caseros...

¡Qué risa! ¡Todo el mundo preguntaba dónde habíamos conseguido nuestros trajes y equipos "de diseñador"!

¡¡Pero era NUESTRO secreto!! ¡¡☺!!

Tras tanta emoción, Brandon y yo nos hemos quedado a pasear por dentro del complejo. Hemos encontrado un rincón SUPERguay para hablar mientras tomábamos chocolate caliente con nata y nubes, ¡¡MMM!!

Yo estaba de verdad contenta de verlo, pero aún me dolía la discusión que habíamos tenido en el estudio de grabación. Y, en el fondo, no podía dejar de sentirme la principal responsable de que le hubieran rechazado su trabajo para la beca.

La cosa quedaba clara: cuando Brandon decidió escribir sobre mí, Mackenzie, en un ataque de celos, se vengó robándole el tema y compitiendo contra él. Luego manipuló mi agenda para que fuera casi imposible que Brandon preparase su trabajo conmigo y lo presentase a tiempo. Odio admitirlo, pero esa chica ¡¡es megaASTUTA!!

De pronto he visto que Brandon estaba muy callado y completamente absorto en sus pensamientos, como yo. Nos hemos quedado allí sentados, mirándonos el uno al otro. Decir que estábamos INCÓMODOS es poco.

He tragado saliva y he hablado: "Entonces, er, ¿qué has decidido hacer con lo de la beca?".

"Me he quedado casi toda la noche despierto a ver si se me ocurría otra idea, pero nada. Tardé casi tres semanas en hacer el otro trabajo, es imposible que pueda hacer uno nuevo en un día o dos", ha explicado con tristeza.

"Pero ¿qué pasará con tus estudios?", he preguntado intentando deshacer el nudo en mi garganta.

"No-no lo sé", ha tartamudeado. "Estoy planteándome cambiar de centro. Pero seguiríamos siendo amigos y viéndonos de vez en cuando, ¿verdad?".

Ha sido como un puñetazo en el estómago.

¡¡¿¿BRANDON SE IBA DEL INSTI!??!! ¡¡☹!!

"¡¡¡NOOOOOOOOO!!!", he gritado en mi interior mientras contenía las lágrimas.

"¡¿Que te CAMBIARÍAS de centro?!", he gemido.

Ha bajado la mirada, ha suspirado y ha asentido. "No quiero, pero no tengo más remedio. Ayer cuando me rendí con lo de la beca pensé que mejor venía a Swanky Hill y asistía a nuestra fiesta de presentación con los amigos. Además, como en principio iba a estar aquí, me presenté voluntario para cubrir la Competición de Esquí Extremo para el periódico del insti".

Su expresión de tristeza se ha borrado un poco al mirar las fotos de su cámara digital. "¡Huala! ¡Mira qué fotos! ¡No sabía que sabías esquiar! ¿Y por qué no me dijiste que hoy competías? Ha sido toda una sorpresa".

"Sí, para mí también ha sido una SORPRESA. ¡Ni te lo imaginas! Todo ha sido totalmente improvisado".

Me ha enseñado todas las fotos de acción que me había hecho durante la Competición de Esquí Extremo.

Le he dicho que sus fotos eran INCREÍBLES y que tenía MEGAtalento para la fotografía. Y él me ha dicho que yo era una esquiadora INCREÍBLE. Entonces se me ha ocurrido que entre MIS dotes de esquí y SU fotografía, ¡formábamos un equipo INCREÍBLE! Pero me ha vuelto a invadir la tristeza. ¡Madre mía! ¡Lo iba a echar MUCHO de menos si al final se cambiaba a otro centro! ¡¡☹!!

"Oye, Brandon, er... pero al menos acabarás el curso en el insti, ¿verdad?", le he preguntado con miedo.

"No estoy seguro, el jueves que viene tenemos reunión con el director Winston", ha contestado afligido.

Nos hemos quedado mirándonos callados, sin esperanza. Era casi como si ya nos echáramos de menos. Creo que los dos hacíamos esfuerzos para no llorar. Seguro. Y de pronto he tenido una idea genial. Y me he puesto a reír muy alto, como una loca.

Brandon no entendía nada. "¡¿Qué te hace tanta gracia?!".

BRANDON, ¿POR QUÉ NO CAMBIAS EL TEMA DE TU TRABAJO Y LO HACES SOBRE MÍ COMO GANADORA DEL ESQUÍ EXTREMO? ¡¡TUS FOTOS SON GENIALES!!

¡HUALA! ¡¡QUÉ IDEA MÁS BUENA, NIKKI!! ¡CAMBIARÉ EL TÍTULO DEL TRABAJO Y PRESENTARÉ NUESTRAS FOTOS DE ESQUÍ!

Ha cogido el iPad del periódico del insti y en cuestión de minutos ya había presentado un trabajo nuevo. Luego se ha apartado las greñas del flequillo y me ha dedicado una gran sonrisa. Me he puesto colorada (con la sensación muy EXTRAÑA de que alguien nos miraba).

HEMOS ESTADO SENTADOS FRENTE A
LA CHIMENEA SONRIENDO, PONIÉNDONOS
COLORADOS Y FLIRTEANDO ¡¡UNA ETERNIDAD!!

Sin darnos cuenta se nos ha echado el tiempo encima y quedaba menos de una hora para que empezara nuestra fiesta. Le he dicho a Brandon que lo vería luego y he subido a arreglarme a mi habitación.

Ahora que sabía que Brandon también participaría estaba mucho más emocionada con la fiesta. ¡☺!

Aunque había disfrutado mucho teniendo a un equipo de filmación propio siguiéndome y pudiendo grabar en un estudio con algunos de los mejores productores de la industria musical, ¡ahora tenía muchas ganas de volver a ser sencillamente YO!

Esta noche se filmaba el último episodio de mi reality. Sinceramente, sentía MUCHO alivio de que por fin se acabara. Había tenido sus momentos divertidos y emocionantes, pero en su mayor parte había sido estresante, intenso y agotador.

Ya ni recuerdo lo que es acostarse antes de las doce o levantarse después de las seis de la mañana.

Sí, este último mes de mi vida ha sido

SUPERglamuroso. Pero no he tenido casi nada de tiempo para las clases, los deberes, mi familia, mis BFF, Brandon y, lo más importante, ¡para MÍ!

He cogido el ascensor que baja directamente desde la suite VIP al centro de convenciones. Al entrar ya he visto que estaba todo preparado. A la derecha se estaban montando los equipos de las emisoras de televisión y radio que cubrirían la fiesta en directo.

A la izquierda, en un gran escenario, la gente de la ONG Kidz Rockin' hacía un rápido ensayo general.

En el aire flotaba un delicioso olor a comida procedente de una docena de puestos que vendían de todo, desde algodón de azúcar hasta perritos calientes o tortas fritas. El pasillo que quedaba en medio estaba acordonado con cuerdas de terciopelo.

Colgando del techo había una pancarta gigantesca con la foto y el nombre de nuestra banda.

¡Madre mía! ¡Pero si ocupaba medio edificio! ¡Me he sentido superabrumada...!

YO, ADMIRANDO LA ENORME PANCARTA
QUE CUELGA DEL TECHO CON NUESTRA FOTO

En la larga mesa para firmar los autógrafos y conocer a los fans había un asiento a mi nombre.

También había repartidos altavoces de tres metros de alto para emitir nuestra música durante la fiesta.

Desde luego, estaba claro que Trevor Chase y su equipo no habían escatimado en gastos para que nuestra fiesta de presentación fuera un éxito mayúsculo.

Ahora solo faltaba que a la gente le gustara nuestra música. Y que, de paso, ¡le gustáramos NOSOTROS!

Cuando por fin han llegado Chloe, Zoey y Violet, también venían estirando el cuello alucinadas para mirar la gran pancarta del techo.

Nos hemos abrazado todas entre risas nerviosas.

Al cabo de un momento han llegado los chicos con dos guardias de seguridad del hotel que iban empujando un carro cargado de cajas con nuestros CD.

Mientras los guardias apilaban las cajas bajo las mesas, todos hablábamos a la vez e intentábamos tranquilizarnos.

No podía creer que ya hubiera gente empezando a hacer cola fuera de la zona acordonada para conocernos y pedirnos autógrafos.

Nos hemos sentado y hemos contemplado boquiabiertos cómo la cola se hacía cada vez más larga.

En un momento había una docena de guardias de seguridad posicionados para controlar la multitud.

Nuestra directora ha venido corriendo, hablando a toda pastilla. "¡¿Habéis visto qué cantidad de gente?! ¡¡Y todos han venido a veros a vosotros!! ¡Creo que lo vamos a vender todo! La retransmisión en directo empezará dentro de diez minutos. ¡Ya podéis abrir las cajas de los CD que esto está que arde!".

Cada uno ha cogido su caja, ha rasgado el precinto y, al abrirla, se ha quedado en estado de shock.

Aparte de papel y material de embalaje, ¡estaban completamente vacías!

¡Ha sido como un puñetazo en el estómago!

He empezado a parpadear, creyendo que mis ojos me estaban gastando una broma, y que era mentira lo que veía.

"¿Dónde están nuestros CD?", ha chillado Chloe.

"¡Madre mía! Nikki, ¿y ahora qué haremos?", ha gruñido Zoe.

"Está claro que ha habido alguna confusión", ha dicho Brandon con un gesto de la cabeza.

Yo he mirado hacia la multitud ruidosa e impaciente que ya parecía que eran un millar de personas. Y estaban coreando nuestro nombre. ¡¡GENIAL!! ¡¡☹!!

Trevor Chase nos iba a despedir y nos pondría una denuncia por todo el dinero que ha perdido. ¡Ya podíamos dar por hundida la fiesta de presentación!

La directora ha vuelto a venir corriendo. "¡Entramos en tres minutos!", ha exclamado nerviosa. "¡Todo el mundo a su sitio!".

Olvidaba lo peor de todo: estábamos a punto de ser públicamente humillados por la tele en DIRECTO, ☹.
Seguro que Mackenzie estaba entre aquella gente contemplando felizmente el naufragio con un gran cubo de palomitas en la mano.

En aquel momento yo solo quería correr a encerrarme en el baño más cercano para no salir NUNCA más. Brandon miraba nervioso cómo venía cada vez más gente y se mordía el labio. "Er, ¿y ahora qué hacemos? ¿Alguna idea?", ha dicho mientras repiqueteaba la mesa con los dedos.

"¡Estaba pensando en cancelarlo todo, pero me temo que ya es un poco tarde!".

"¡Pues sí, más bien!", ha dicho Brandon con media sonrisa. "Pero a ti siempre se te ocurre algo, Nikki, ¡venga!".

"¡Para lo que nos va a servir! La multitud furiosa nos hará trizas cuando les digamos 'vuelvan por donde han venido porque no hay CD para comprar'", he murmurado.

"Lo malo es que Kidz Rockin' necesitaba ese dinero, y los he dejado en la estacada. ¡Soy una... FRACASADA!", he dicho intentando contener las lágrimas.

"Nikki, no ha sido culpa tuya. Ha debido de haber alguna confusión con las cajas".

"Sí, claro. ¡Mackenzie contraataca! ¡Primero nos fastidió el primer beso y ahora la fiesta de presentación!".

¡Madre mía! ¿¡Había dicho eso en voz alta?! Sí, me temo que SÍ.

He bajado la mirada muerta de vergüenza.

Brandon se ha quedado un poco perplejo y ha sonreído. "En un momento así ¿y piensas en ESO?", ha bromeado.

Lógicamente me he puesto colorada y no sabía dónde mirar. Y él se ha puesto colorado y me ha vuelto a sonreír. Por la forma que flirteábamos nadie diría que en cualquier momento se iba a producir una revuelta.

"¡Sesenta segundos y entramos!", ha anunciado nuestra directora. "Nikki, te dirigirás a los fans en cuanto hayamos presentado a la banda, tal y como quedamos. El micrófono que tienes delante estará encendido. ¡Buena suerte! ¡A sus puestos!".

Chloe, Zoey y yo nos hemos abrazado a la vez.

Chicas, siento haberlo fastidiado. A fin de cuentas, soy la responsable y debería haber comprobado las cajas antes de que salieran del estudio.

Zoey me ha apretado la mano y ha dicho: "Una vida llena de errores no solo es más honorable, sino que es más útil que una vida gastada sin hacer nada, George Bernard Shaw".

"Mira, pase lo que pase, ¡aquí tienes a tus amigas! Eso siempre que la multitud no decida cubrirnos de brea y plumas. Entonces salgo por patas y ya te arreglarás", ha bromeado Chloe agitando las palmas de las manos.

Me he abstraído por completo y no he oído ni una sola palabra de la presentación que ha hecho el alcalde de nosotros. ¡Bastante ocupada estaba pensando qué iba a decir a un millar de personas que habían venido a apoyar a nuestra banda y a la ONG Kidz Rockin'!

¡Desde luego, nuestras carreras musicales, como el boxeador más desgraciado, habían BESADO la lona!

¡Uf! ¡Otra vez esa palabra, qué obsesión!

¡De pronto he tenido una idea superloca!

Aunque no tuviéramos los CD, a lo mejor teníamos
ALGO que los fans, si de verdad les gustábamos,
estarían dispuestos a pagar y cuyos beneficios
podrían ir a parar igualmente a la ONG.

He puesto mi idea sobre el papel y he pasado
corriendo la nota a Chloe y a Zoey.

Al principio, las dos han puesto cara de horror,
pero lo han hablado y han aceptado.

Luego han hecho correr la nota por la mesa.

Violet me ha sonreído y ha levantado el pulgar.

Theo y Marcus se han puesto muy rojos pero han asentido.

Y Brandon se ha reído y ha sacudido la cabeza.

Luego se ha llevado el dedo a la sien y ha empezado a hacer círculos, ¡para indicar lo LOCAAAA que estoy!

¡¿Qué queréis?!

¡A grandes males grandes remedios!

En esos momentos el alcalde estaba acabando su discurso de presentación.

"Con gran orgullo os presento a una futura estrella del pop y de la televisión llena de talento, Nikki Maxwell, con su banda llamada, er... ¡¿Aún No Estamos Seguros?!".

¡La gente se ha vuelto loca! Han aplaudido y gritado, no sé, ¡dos minutos enteros! ¡Supongo que SÍ que les gustábamos!

Cuando por fin se han callado he empezado a hablar dando las gracias a todos por venir a nuestra fiesta de presentación y por apoyar nuestra campaña de recogida de fondos para Kidz Rockin'...

He cogido aire y he seguido. "Pero antes de empezar a conocernos, quiero hacer un anuncio especial. En un principio habíamos previsto vender aquí nuestros CD y donar los beneficios a Kidz Rockin'. Pero los CD los podréis comprar muy pronto en cualquier sitio. Ahora estamos en nuestra ciudad y hemos pensado que todos merecéis algo más emocionante y especial. ¿Qué os parece?".

La multitud se ha vuelto loca otra vez.

"Para ayudarnos a recaudar fondos para Kidz Rockin', esta noche aceptaremos donaciones a cambio de ABRAZOS y BESOS de vuestro miembro de la banda favorito. ¡¿Cómo lo veis?!".

¡A todos les ha encantado la idea! Gritaban aún más emocionados que antes. De manera que nos hemos pasado tres horas conociendo a fans, firmando autógrafos y posando ante las cámaras.

¿Que a cuánto iban los besos y los abrazos de los miembros de la banda favoritos? ¡Pues los abrazos a 3 dólares y los besos (en la mejilla), a 5!

Y todo por una buena causa, la ONG Kidz Rockin'. ¡Y ha sido la BOMBA!

Y ha habido muchos fans que han repetido. Algunos, ¡dos veces!

Al final de la noche, habíamos recaudado más de 8.000 dólares para algunos niños que se lo MERECEN mucho...

¡¡MI BANDA, POSANDO CON LOS NIÑOS MONÍSIMOS DE KIDZ ROCKIN'!!

¡Estaba TAN contenta! ¡☺!

¡YAJUUUU!

Pero, sobre todo, estaba muy orgullosa de mis amigos Chloe, Zoey, Violet, Theo, Marcus y Brandon por prestarse a hacer lo que han hecho tras la desaparición de los CD.

Cuando ya estábamos terminando he notado que Brandon me miraba. ¡Se ha levantado y ha ido a ponerse en una de las colas!

¡En MI cola! Le he puesto cara de paciencia. ¡Mira que es PAYASO!

"Encantada de conocerte. ¿Quieres un autógrafo? ¿Y una foto también?", he bromeado.

"Pues quería hacer una donación personal a Kidz Rockin'", ha dicho tendiéndome 5 dólares.

Por un momento lo he mirado confundida. Hasta que lo he entendido.

Brandon ofrecía 5 dólares porque quería ¡¡comprar un BESO!! ¡¡¡¿A MÍ?!!!

Mi mente iba en plan "¡Madre mía! ¡Madre mía!".

¿Iba en SERIO?

¡Un poco más y me hago PIS de la emoción!

Brandon seguía ahí, con los 5 dólares en la mano, esperando a que se los cogiera. Cosa que al final he hecho.

¡¡¡¿Y a que NO sabes lo que ha pasado después...?!!!

¡Madre mía! ¡Pero si es casi la 1 de la madrugada! Llevo escribiendo en el diario... ¡una ETERNIDAD! Perdona, pero estoy agotada y se me cierran los ojos. Ya acabaré de contarlo MÁS ADELANTE. ¡O no!

¡Je, je! ¡Qué PEDORRA soy! ¡BUENAS NOCHES!

¡¡☺!!

DOMINGO, 30 DE MARZO

Vale. Ya es "MÁS ADELANTE"...

Mackenzie sigue superenfadada conmigo porque le gané en la Competición de Esquí Extremo del sábado.

Pues no te lo pierdas: esta mañana en la taquilla me ha ignorado por completo cuando he intentado felicitarle por llegar la segunda.

¡Eh, solo intentaba ser simpática y mostrarle lo deportiva que soy!

¡PARA NADA! ¡☺!

¡Estaba intentando PASARLE POR LAS NARICES la paliza que le había dado en las pistas de esquí del complejo Swanky Hill!

Estoy en clase y se supone que en estos momentos debería estar conjugando verbos franceses.

Pero ¡¿CÓMO quieres que me concentre en algo tan aburrido y mundano como las conjugaciones francesas cuando Brandon me besó?!

¡Madre mía! ¡BRANDON ME BESÓ DE VERDAD!

¡¡SÍ!! Bran-don me be-só... ¡a MÍ!

¡YAJUUUUUUU!

¡Qué dulce por su parte hacer eso por una buena obra! ¡¡☺!!

¡Espera! ¡¡Ostras!! ¡¡¡NOOOOO!!!

Porque... SI era por una buena obra, ¿a lo peor no era un beso de VERDAD?! ¡¡☹!! A lo peor era un beso para... ¡para ayudar a los niños necesitados!

Lo cual es BUENO para ellos. ¡¡Pero MALO para MÍ!! Porque significa que somos solo dos buenos amigos que intentamos hacer un mundo mejor. ¡Lo cual es maravilloso! ¡Pero también horrible!

¡¡GENIAL!! ¡¡☹!!

¡¡Ahora ya estoy MUY liada!!

¡¿QUÉ clase de beso era?!

¿Un beso de "solo somos amigos"?

¿Un beso de "salvemos el mundo"?

¿O un beso de "eres mi novia"?

Podría preguntarle. Pero él pensaría que me lo he tomado demasiado en serio.

¡Y es VERDAD! ¡Pero no quiero que él lo sepa!

¡LO SIENTO!

No puedo evitarlo.

¡¡Soy tan PEDORRA!!

¡¡☺!!

320

Rachel Renée Russell es una abogada
que prefiere escribir libros para preadolescentes a
redactar textos jurídicos. (Más que nada porque los
libros son mucho más divertidos y en los juzgados no se
permite estar en pijama ni con pantuflas de conejitos.)

Ha criado a dos hijas y ha vivido para contarlo.
Le gusta cultivar flores de color lila y hacer
manualidades totalmente inútiles (como un
microondas construido con palitos de polos,
pegamento y purpurina). Rachel vive en el norte
de Virginia con un yorki malcriado que cada día la
aterroriza trepando al mueble del ordenador y
tirándole peluches cuando está escribiendo. Y, sí,
Rachel se considera a sí misma una pedorra total.

OTRAS OBRAS DE
Rachel Renée Russell